中国书籍文学馆·小说林

人是怎样长出翅膀来的

张亦辉——著

中国书籍出版社
China Book Press

图书在版编目（CIP）数据

人是怎样长出翅膀来的 / 张亦辉著 . —北京：中国书籍出版社，2018.1
ISBN 978-7-5068-6669-9

Ⅰ．①人… Ⅱ．①张… Ⅲ．①短篇小说—小说集—中国—当代
Ⅳ．① I247.7

中国版本图书馆 CIP 数据核字（2018）第 023984 号

人是怎样长出翅膀来的

张亦辉　著

图书策划	牛　超　崔付建
责任编辑	成晓春
责任印制	孙马飞　马　芝
出版发行	中国书籍出版社
地　　址	北京市丰台区三路居路 97 号（邮编：100073）
电　　话	（010）52257143（总编室）（010）52257140（发行部）
电子邮箱	eo@chinabp.com.cn
经　　销	全国新华书店
印　　刷	三河市华东印刷有限公司
开　　本	650 毫米 ×940 毫米　1/16
字　　数	220 千字
印　　张	12.25
版　　次	2018 年 7 月第 1 版　2018 年 7 月第 1 次印刷
书　　号	ISBN 978-7-5068-6669-9
定　　价	28.00 元

版权所有　翻印必究

目录

秋天的早晨 / 001

牛皮带 / 010

人是怎样长出翅膀来的 / 021

下楼或者上楼 / 034

虚幻旅程 / 042

寻找张炜 / 054

树 / 065

小小说八题 / 075

模糊的邂逅 / 089

证婚人啊你是谁 / 116

布朗运动 / 139

后　记 / 186

秋天的早晨

早上起来，歌山去刷牙，发现牙膏没有了。

歌山回到卧室，史雯正在梳头，穿着睡衣，趿着拖鞋，不紧不慢的样子。

"牙膏呢？牙膏没有了？"

"哦对了，牙膏没有了，昨天就没了，我把牙膏皮都扔掉了。"

"没买？"

"忘买了。"

"那怎么办？"歌山觉得自己有些明知故问，有些言不由衷。

"那还能怎么办？就别刷牙了呗，你还怪讲究的呢。"史雯依然梳她的头。

每天早上，史雯都要投入大量时间去对付她那长长的披肩发。恋爱的时候，歌山曾经用"黑色瀑布"之类的词儿赞美过史雯的披肩发，结婚之后，歌山越来越觉得"黑色瀑布"其实是很烦人的东西。歌山不止一次劝史雯把头发烫了算了，可史雯绝不通融地说，她不适合烫头，也不想烫。歌山终于知道，或者不得承认，在很大程度上，史雯的披肩发就是她生命的旗帜。歌山无法阻止这样一面旗帜在他的生活上空飘荡。

所以，和披肩发相比，史雯显然不把有没有牙膏刷不刷牙当一回事。

歌山本来想叹一口气离开卧室，因为他这样站在梳头发的史雯面前，其实是站在一种虽然轻微却无法忽视的尴尬的劣势之中。可事实上，歌山并没有能够叹出那口气，而是不由自主地又说出一句话。这句话，把歌山生命中的这一个秋天的早晨轻而易举地导向了一片不可避免的恍惚之境。

"行，行，没有牙膏就不刷牙，不刷牙也省得吃饭。你就慢慢弄你的头发好了。"

史雯手上的梳子就这样停在了半途之中，她把头发轻轻一摆，胸前的瀑布一下子流到了背后。史雯的这个动作可以说相当动人相当优美。

"哎，我梳头发怎么了！一大早起来就像催命鬼似的，还有完没完？昨天你不也看到牙膏用完了，你怎么就不能去买？真是的，你不想吃饭，我还省得烧呢！"

在这个颇有些寒意的秋天的早晨，歌山的目光和史雯的目光像发生车祸的两辆车一样相遇。这样的相遇当然没有持续多久，只不过是一个瞬间的事情，这样的瞬间，在两人婚后的生涯中并不常见，但也不陌生。这样的瞬间在歌山的生命本体中激起的感受，非常非常像夜晚突然停电。

歌山清醒地意识到，此时此刻，他必须离开卧室。否则的话，只能使自己陷入更大的劣势和更深的麻烦，要知道，对这样的麻烦歌山早已养成了敬而远之的习惯。他知道，面对诸如此类的僵局，以退为攻是唯一的方式。

歌山不仅真的离开了卧室，还顺手把门带上了，碰门的声音大得把他自己都吓了一跳。歌山立刻想象到，在这记不同凡响的关门声里，史雯的梳子将又一次停顿在半空。

歌山有些莫名其妙，有些恍惚，他觉得自己完全没有必要把门带上的，这个举动不仅毫无意义，而且相当愚蠢。这记关门声差不多断送了歌山在这个平常的早晨的任何退路。歌山知道后悔也没用，总不能把门推开重新关一次。情况经常是这样的，门一旦关上，就无法推开了。

这样想的时候，歌山已穿过客厅走进书房。他点了一支烟，就径直走到了阳台上。

来到阳台，歌山便真实而又具体地置身于这个颇有些寒意的秋天的早晨。秋天的寒意并没有使人感到寒冷，却让人清醒。歌山觉得自己很清醒。早晨沁人的空气，清水一样浓郁的秋季的天空，鳞次栉比的建筑群，马路上渐次繁忙的景象，无不让歌山感到清醒。越来越清醒的歌山恍惚觉得刚才的一切有些不真实，就好像不曾发生过似的。歌山当然不知道这种清醒只不过是暂时现象，或者说是昙花一现般的假象。左边不远处的天空出现了一群鸽子，鸽子飞翔的样子有点像孩子们在撒欢，它们绕了一个弧度消失在楼群后面。过了一会鸽子们又出现了，又一次撒欢似的绕了个圈。鸽子们一次次地出现，又一次次地消失。它们仿佛是在表演，歌山觉得鸽子们是在为他表演。歌山揣摩着觉得鸽子们飞行的轨迹是一个椭圆。

鸽子们周而复始地飞行着，歌山渐渐觉得有些重复有些呆板，这样的重复就像原地踏步，就像修辞学上的同义反复。歌山的眼睛期望着变化，可他看到的依然是重复，依然是单调，这单调其实已经潜移默化地影响了歌山的心境。一种介于无聊和烦躁之间的东西慢慢开始侵入歌山的头脑。那些鸽子当然不知道它们正在违拗着某个人的期望，它们一如既往地在早晨的天空画着那半个看得见的椭圆和半个看不见的椭圆。这样一来，歌山的视线虽然惯性地麻木地跟踪着鸽群,他的耳朵却已经在谛听屋内的声音,已经在注意史雯的消息。歌山的视觉和听觉差不多已分道扬镳。所以,刚才的平静与清醒也就差不多名存实亡了。

歌山没听见屋内有任何动静。

像泡沫一样浮泛起来的喧嚣和噪声干扰着歌山的谛听。因为太阳正在升起,马路上的人流和车辆正在像细菌繁殖似的增多。

歌山于是把所有的注意力全集中起来投向屋内。他依然没有得到有关史雯的任何消息。歌山的脑海里重新浮现出早上卧室里的情景,而且是以宽银幕慢镜头的方式重现的。歌山的耳朵仿佛又一次听见那记关门的声音。这是怎么搞的,歌山想。这是怎么搞的。

歌山想象不出此刻的史雯正在干些什么。他不知道史雯真的是不是不做早饭了,他不知道自己是希望史雯做饭还是希望史雯不做饭。这样翻来覆去地琢磨着,歌山觉得自己的肚子还真有些饿。昨晚因为喝了点酒,饭基本上没怎么吃。夜里两个人还忙活了那么一阵子,所以歌山的体内有双重意义上的空虚。

歌山想,如果史雯做了早饭,他是一定会去吃的,刷不刷牙确实算不了什么。

可史雯一定没做!根据屋内的毫无动静,歌山肯定地差不多有些愤怒地得出了这个结论。

本来,歌山打算让自己承认刷不刷牙算不了什么,梳头发也没有什么错,可此刻他坚决地放弃了这样的等同于无原则妥协的懦弱的想法,史雯居然真的不做饭!

歌山又一次走马观花似的回顾了早上没牙膏到史雯坚持不做饭这两者之间短暂而又漫长的历程,却一无所获,恍惚丛生。

为了抵制内心的恍惚像野草一样生长和弥漫,歌山重新把目光投向左边的天空,鸽子们却早已没影了。歌山还想在天空中看出那半个刚刚还存在过的椭圆轨迹,看到的竟是一片虚无。

太阳已经完全从城市的东边升起，马路上的人和车辆已越来越多，正在形成一天中的第一个高潮。交叉路口的红灯和绿灯不断地有规律地变换着，那些电车总是沿着固定的路线在滑行，交叉而过相向而行的汽车使时间和空间同时变得具体。无论是骑车的还是步行的，无论朝哪个方向去，几乎所有的人都行色匆匆，都在奔向某个目的，这个目的不是别的，就是生活本身。一切都是那么正常！就像水从高处流向低处一样正常。歌山经常把这种正常理解为平庸指归于无聊，所以他常常以居高临下的鄙夷态度去对待这样的正常。可在这个秋天的早晨，歌山却由衷地感到，能进入这种正常进入自然而然地展开并进行的生活，是很幸福或很侥幸或可望而不可即的事情。

歌山觉得自己的生活就像一件看不见的极薄极脆的玻璃器皿，稍不留神，就会碰得粉碎。

几个老人穿过马路，沿着人行道朝这边走来，他们手中还握着练功用的剑和刀，步履轻松，神态安详。歌山的视线一直尾随着他们，直到老人们在对面的弄口消失。歌山想，老人们活了那么大岁数，走过了那么漫长的岁月，他们居然仍有那样的兴致，那样的热情，这真是很奇怪的事情，简直有些不可思议。

人行道上继而又出现了上学的孩子，他们一会走，一会跳着跑几步，把背上的书包弄得一颠一颠。孩子们总是那样放任自己，总是那样无忧无虑，一派纯真，令歌山羡慕不已。这会儿歌山真的叹了口气，不过这口气并没能够叹得很长，因为上学的孩子忽然提醒了歌山：上班的时间到了！

与此同时，歌山听见屋里传来的关门声。史雯去上班了。

歌山下意识地看了一眼手腕。其实他并没戴表。歌山一直不愿意戴表，他固执地认为，正是通过钟呀表呀这些劳什子，时间才成了人们头上的一道永恒枷锁。福克纳说过，我把表给你不是要让你记住时间而是让你可以偶尔忘掉时间。可歌山没法子做到这一点，他认为事情刚好相反。所以歌山从来不愿戴表，家里就史雯一块表。要是在平日，总是史雯告诉他提醒他，该上班了，再不去要迟到了，两人便一起出门一起去赶公共汽车。他们俩的单位相距不远，就隔着一条马路。

可今天史雯却自己去上班了。

歌山也来不及多想什么，他匆匆地走进卧室，穿了西装，拾起那只黑色公文包，就离开了家。

下楼，过马路，沿着人行道稍走一段，歌山就来到了51路车站。

等车的人很多，史雯也在梧桐树下面站着。她侧着身装作认真等车没有瞧见歌山来到的样子。看见史雯，歌山马上觉得自己过马路的时候太匆忙太慌张了一些，甚至有些狼狈，而史雯一定看到了歌山的狼狈相。

车来了，歌山从后门上了车，史雯则挤上了前面的车门。两个人就这样一前一后地站在车上。

车内相当拥挤，歌山必须腾出一只手扶住横杆把手才能站稳。他下意识地朝前面看了一眼，史雯侧着身站在车门旁边，无法看清她此刻的表情。歌山只好也把目光移向车窗外面。行人，树木，还未开张的店铺纷纷向后退去，歌山好像什么也没看见。

歌山想，除了他和史雯自己，车上那么多人有谁会知道他们是一对，歌山觉得这真是太有意思了。

十几分钟之后，车子到了望江门，歌山和史雯分别从前后门下了车。望江门也是51路车的终点站，这里已经接近郊区，51路车到这里就回头了。从望江门下车，只要沿着马路走5分钟，穿过那条处在下坡趋势中的没有道口的铁路，再往东走两百米，就到了歌山和史雯各自的单位。两个单位就隔着一条通往郊外的公路，几乎是斜对面。

下了车，歌山和史雯一前一后地走在人行道上，两人之间相隔着十几米的距离，这个距离无疑是两个人共同努力的结果。

这个季节，路边的梧桐树已经被霜染得金黄，地上铺满了落叶，在早晨的阳光里，似乎连空气都蕴含着浓酽的秋天的色泽。人走在这样一种氛围之中，本来应该像是走在伤感而又优雅的浪漫的诗意里。可在今天早上的歌山的心目中，满地的落叶似乎是模糊的宿命的象征，而太阳并非每天都是新的。歌山机械地麻木地迈动双脚，几乎感觉不到自己是在行走。梧桐树一棵接一棵地向后移去，两人之间的距离依然如故，歌山觉得自己是在落叶之河上漂浮。

歌山的视线飘忽不定，一次又一次地触到史雯的背影。歌山无法做到视而不见，因为史雯的背影是那样的轻盈那样的坚定和潇洒，对男人有一种无法抗拒的诱惑力，尤其是那一头颀长而飘逸的披肩发，俨然是一面招展的魅人的旗帜。歌山觉得自己已经很长时间没有这样注视过史雯的背影。在这秋天的早晨，在这落叶金黄的背景里，史雯的背影确乎楚楚动人，像一首哀婉的歌。史雯的背影里还隐含着一种坚决、一种不屈、一种对委屈的顽抗，看上去真像是一首哀婉的临风之歌。歌山恍惚记得自己和史雯的爱情正是在秋天的落叶之中展开的，而最先打动歌山的心的正是史雯的坚挺的背影和那散文诗一样的披肩发。那时候他们手拉手，一边走一边踢着树叶，那时候他们什么都不想什么也没有想，生命里只有幸福……歌山觉得一切都像过眼烟云，就像水在沙漠里流失，就像梦幻。

看着不屈不挠走在前面的史雯，歌山的内心有怜恤、有痛楚、有怨愤，紊乱而又恍惚。当歌山的目光掠过史雯的背影，越过不远处的闪亮的铁轨，看见那一轮早晨的太阳，整个人便有一种虚空的眩晕的感觉。他惯性地无意识地迈动脚步。他的行走完全变成了一种漂流。他感觉不到位移，感觉不到速度，感觉到的只有两个人之间的那一段距离。

　　好几次，歌山心血来潮似的想紧走几步，消灭那段距离，从而赶上史雯。歌山觉得这并不是做不到的，几乎是件很容易的事情。可转念一想，既然史雯那么固执那么毫不留情地走向前去，没有一点放慢脚步的意思，没有一点等待的暗示，自己又何必要心软，何必要自讨没趣呢！歌山就这样恍惚着，犹疑着，踌躇着。他觉得自己已经变成了两个人，一个歌山坚决地毫无余地地坚持着自己的位置和立场，仍按惯有的偏执的速度朝前走，一个歌山不由自主地加快了步伐，离史雯越来越近。

　　歌山觉得自己的肚子真的饿了，而且越来越饿得慌。他想起自己没有吃早饭，昨晚就差不多没吃饭，连饿两顿的滋味实在不好受。说到底只是为了一支牙膏，事情居然会闹到这个地步，闹得如此不可收拾，这一切是怎么搞的，到底是怎么搞的呢！歌山觉得鼻子酸酸的，内心里涌现出一股强烈的怨愤，一股类似于火焰的怨愤。怨愤的歌山弄不清是生自己的气，还是在生史雯的气，弄不清到底该生谁的气。歌山又一次陷入难以自拔的恍惚之境，而且越陷越深。

　　这时候，歌山猛然发觉史雯停在了自己的跟前。等他抬起头，发现史雯身边还站着一个40多岁的男人，歌山差点撞在这人身上。歌山觉得以前好像在史雯的单位里见过这个过早谢顶的男人，歌山觉得这个秃顶的男人挺讨厌。歌山恍惚听见史雯说黄科长什么的，歌山觉得史雯说话的声音陌生而又刺耳。

　　歌山还没想好自己应该怎么办，需不需要打个招呼，需不需要笑一笑，可实际上他已擦身而过。就在这一刹那，歌山扭头看了一眼史雯，确切地说是看了黄科长和史雯两人一眼。

　　擦身而过之后，歌山继续朝前走去，整个人好像浮在空中一样。他想不出自己为什么要看那么一眼，走了十几米，跨过铁路，歌山仍然想不起自己是看了一眼还是瞪了一眼。

歌山刚过铁路，这边两个人也分手了。黄科长朝 51 路车站方向走去，史雯则向东走去，向铁轨走去。

后来黄科长听到火车刹车声的时候，他刚好停下来点烟，手里的火柴还在燃烧。他扭过头所看到的，是一辆横在路口的火车。他没有看到史雯，他肯定以为史雯已经过铁路了。

听到那一记尖利无比的火车刹车声，歌山吓了一跳。歌山本能地扭过头去，歌山看见路口已经横着一辆火车。

史雯大概还没有过铁路，大概还在和黄科长啰唆什么。歌山想。

牛皮带

1

午睡醒来，歌山敷衍了事地穿上那件褐色衬衣，让两条腿分别伸进它们该伸进去的裤筒里，然后把衬衣下摆掖进了裤腰。系皮带扣的时候，第一下没对准扣眼，于是，歌山又使劲勒了一下，腰部刚体会到相应的紧张，却忽然又感到了一种意料之外的松懈，低头一看，原来是皮带断了。歌山看见自己的右手捏着小半截皮带尾巴，另外大半截则依然在裤腰上，歌山觉得这几乎有些滑稽。

牛皮带早就在第二个扣眼那儿产生了皲裂。这可以用时间的那种水滴石穿的消蚀性质来解释，因为这根牛皮带已经为歌山服务了很多年头，早在单身的时候，歌山就已经系着这根厚实坚硬的牛皮带了。当然，这也应该归咎于歌山的腰围尺寸，因为除了冬季，歌山总是把牛皮带系在第二个扣眼上的。

在这个一如既往的大热天下午，牛皮带终于不容置疑地在第二个扣眼那儿断裂了。这件事情发生得非常猝然，让歌山感到有些意外，甚至有那么点措手不及。

歌山把那小半截皮带尾巴扔在床上，接着又把裤子上的那截皮带抽了出来。歌山的另一只手下意识地拎着裤腰，仿佛不这样做的话，裤子就会顺乎其然地从腰上滑溜下去，一直滑到地上去。歌山此时此刻深切地体会到一个人不能没有皮带，而皮带突然断掉的确是一件让人尴尬的事情。

歌山依稀记得这根牛皮带是大学毕业分配到这个北方城市的那年夏天买的，那是一个非常炎热而又遥远的夏天，距今已经整整有十个年头了。在过去的十年时间里，歌山几乎天天系着这根牛皮带。这根皮带厚实牢固，是货真价实的水牛皮制成的，做工虽然粗糙些，但一看就经久耐用，和商店里卖的那种花里胡哨的玩意儿不可同日而语。歌山挺喜欢这根牛皮带，他一直以为，这根当时只花了三块多钱从街头小贩手里买来的牛皮带，自己可以系上一辈子。可现在，这根牛皮带却不可救药地断成了两截。

歌山拎着裤子，看着床上那两截互不相关似的东西，就好像是在看着一条被拦腰轧断的死蛇。歌山觉得挺不对劲，心里空落落的，也闹不清是遗憾还是沮丧。他伸手摆弄着两截牛皮带，试着让它们重新接合如一，可只要一松手，两截牛皮带就硬邦邦地分开了。

歌山于是有些气愤似的抓起两截牛皮带，走到窗口，并拉开了一扇窗帘。当他把手伸向窗外的时候，他又犹豫了，他觉得自己这样做有些忘恩负义。歌山就把手收了回来，搁在了窗台上，顺便又让腰部靠在窗沿，这样就不用担心裤子往下滑。歌山觉得自己好像有些无所事事，干脆就趴在窗台上，还让头探到窗外去。

初夏的阳光白晃晃的，有些耀眼。

对面是一幢集体宿舍楼，墙壁上到处是雨水渥湿而遗存下来的尿不拉叽的图案。其中的一些图案似曾相识，仿佛有什么暧昧不清的内涵或象征，可看久了，又觉得啥名堂也没有，毫无意义，只不过是一些水渍。歌山看见不少窗口挂晒着衣服裤子，黑的灰的，参差不齐，都懒洋洋地随风摆动，使人想起穿着它们的那些人和他们那冗长沉闷的生涯。歌山还看见对面墙根下的那条深色裤子，歌山猜不出这条裤子是从哪个窗口飘下去的，看着那裤子叉开两条裤腿落在那儿的样子，歌山不禁想，如果裤子的主人从某个窗口跳下去或掉下去，摔在地上也肯定是这副模样，唯一的区别就是还能看见一摊红色。想到这里，歌山下意识地低头朝下瞧了一眼，歌山不禁被吓了一跳。

歌山怔怔地瞅了瞅手里的牛皮带，又望了望炫目的夏天的天空，心里想，现在，也许应该去买一条新皮带了。

歌山打开衣柜，想找一根布带什么的，找了半天却没找到，这使他强烈地意识到妻子不在家这个事实，妻子到外地进修去了，此时此刻正在千里之外。后来，歌山在抽屉里翻到了一团白色玻璃线，可他又觉得用白色的玻璃线系裤子不吉利。最后，歌山还是找了一枚别针把裤腰别了起来，为了掩盖这个聊胜于无的措施，歌山只好把衬衣下摆拉到裤腰外面来。

歌山走到大衣镜前照了照，看到的是一个陌生而又可笑的形象。歌山记得小时候自己倒是经常这样穿衬衣的，单身的时候偶尔也这样穿，可结婚以后，歌山就再也没有这样穿过衬衣，因为妻子说这样土死了。所以，这么多年来，歌山总是把衬衣扎到裤腰里面去。

歌山晃荡着衬衣下摆下楼的时候想，皮带断掉的确是一件挺要命的事情。

2

歌山在解放路百货商店三楼的皮带柜台前踌躇良久，他让售货员拿了几种皮带看了一番，都不满意。这些皮带不仅价格贵，而且都只有硬纸片那么厚，质地也非常可疑，三四条这样的皮带叠在一起，也赶不上歌山的那条牛皮带。歌山愣怔着不知买好还是不买好，那个唇边有颗黑痣的售货员早已不耐烦，她用鄙夷的眼神盯着歌山那长长的衬衣下摆。歌山不喜欢这种眼神，而那颗黑痣也让他不舒服。这样，他就茫然若失地离开柜台，空着双手走出了百货大楼。

歌山接下来又到附近的两家商店转了一下，看到的依然是失望。

歌山一点也不喜欢逛商店，走进商店，歌山总有一种迷路似的感觉。在歌山看来，商店是令人迷惑的场所。平时，歌山很少到商店去，尤其在结婚以后，歌山的生活用品几乎由妻子一手操办。妻子信不过歌山，歌山自然就越发与商店绝缘了。现在倒好，牛皮带断成了两半，妻子偏偏不在家，歌山只好硬着头皮来逛商店买皮带了。歌山一边走，一边自嘲似的想，他是一个注定得自己给自己买皮带的人。

歌山在路边的一棵梧桐树下停了一会。在白花花的太阳底下连逛了几家商店，歌山心里已经有些气馁。歌山越来越为那根断掉的牛皮带感到可惜，觉得自己再也买不到那么好的牛皮带了。歌山甚至情不自禁地产生了一股子伤感式的缅怀。

当歌山离开树荫，重新来到耀眼的阳光底下的时候，他并没有继续沿着解放路去逛商店，而是鬼使神差一般走进了前面不远处的那条小巷。

这是一条窄窄的小巷，两边的墙壁都不高，底下铺着石块，显得坎坷不平。在这个北方城市里，这样的小巷是较为少见的。歌山沿着右边的墙根往里走，他觉得小巷里要比大街上凉快些，而且这里几乎没有行人，自然也就没人用异样的目光打量他那拖沓的衬衣下摆。

歌山走了一会之后，恍然之间想起小巷是通向那条老街的，而自己的那根牛皮带正是在老街街口附近买来的。歌山想起了老街街口不远处有一根水泥电线杆，十年以前，自己就是从一个坐在电线杆下面的小贩手里买下了牛皮带。歌山隐约记得，当时那个小贩好像就靠着电线杆坐着，他的头上戴着一顶草原上生活的人喜欢戴的宽边草帽，那捆牛皮带就放在他脚边的地上。十年以前的这幅画面在歌山的脑海里渐次清晰起来，变得栩栩如生，尤其是对那顶宽边草帽，歌山印象颇深，仿佛就在眼前。歌山记得那人操着一种陌生的外地口音，他不知道那到底是哪个地方的口音，也许当时就没弄清，歌山也想不起那个外地人的面容了，怎么想也没想起来。

一晃就是这么多年，歌山天天系着那个人卖给他的牛皮带，可却从来没有想起过那人。连一次也没有想起过。也就是说，在这十年时间里，对歌山而言，那个人就像泥牛入海一样，就像不存在一样，歌山觉得这真是不可理喻的事儿。

歌山不禁想，这十年来他到底怎么样了呢，是不是一直在游荡，一直在卖他的牛皮带，是不是偶尔也卖卖牛仔裤什么的……歌山发觉此时此刻自己忽然有些想念那个戴草帽的皮带贩子，歌山还下意识地认定，他会是个挺不错的人。因为即使在十年之前，也不是每个街头小贩都卖他那么货真价实、那么地道的牛皮带的。

歌山就这样边走边想，他的思绪有些恍惚，有些漫无边际。小巷很静很深，甚至有些冷僻感，有一种时间凝滞住了的气氛，置身在这样一条小巷里，外面的世界很容易被暂时遗忘。歌山迈着飘忽的脚步，踩着年代久远的光滑石块，不知不觉就游离了现在时态，陷入一种做梦般的空幻感之中，仿佛他不是走在青苔隐现的墙根下，而是不期而然地与过去的岁月与遥远的记忆擦身而过。

歌山甚至觉得，十年之前，自己就是像现在这样晃晃悠悠地穿过小巷口，走向那条老街走向那个戴草帽的人的。

3

走出巷口，歌山眼睛还没完全适应外面的耀眼的阳光，却一眼就看见了老街上那根电线杆下坐着一个戴草帽的人。

歌山还以为这是阳光太晃眼而产生的幻觉，所以，他向那个人走过去时的神态恍如一个梦游者的神态。可当他看见那捆牛皮带的时候，他恍惚听到了一声来自内心的尖叫。那捆用一根牛皮带串在一起的牛皮带和自己十年前买的牛皮带一模一样，而那人头上戴着的那顶宽边草帽也好像就是十年前看到的那顶草帽。这不可能，歌山自言自语地说，这简直不可能。

歌山在离那人四五步远的地方停住脚步，他用疑窦丛生的目光打量着眼前这个人和他脚边的牛皮带，仿佛是在呆望一个荒诞的诡计。歌山的脑子处在整个下午以来最清醒最兴奋的状态之中，可他的思路却像杂草一样紊乱。

这个人穿着质地粗疏的灰布衣服，裤腿和鞋面上的厚尘，使他那风尘仆仆的游荡者身份展露无遗，而那顶宽边草帽的帽檐差不多遮挡了他那谜一样的脸。

也许是揭谜的欲望冲淡了歌山心中那近乎恐惧的迷惑和惊讶，歌山本能地朝前挪了两步。当歌山犹豫着蹲下来的时候，这个人也刚好从电线杆下欠起身，就这样，歌山看见了一张陌生而又疏阔粗犷的脸，表情镇静，神色自如，透着一股子阴影一样的沧桑之气。歌山和他对视的瞬间，感到他的目光像麦芒一样锐利，使歌山无端地感到一种心虚。为了掩饰这种心虚，歌山只好低下头，装出一副挑选皮带的样子。

"买皮带吗？"这人用低沉喑哑的声音问了一句。

歌山听了心头一紧,赶紧答非所问地说:

"噢,嗯,这皮带看上去挺不错。"

"结实。"他说,"出门的时候还可以用来防身!"

这一问一答,使歌山意识到了自己的买主的身份,相比之下就感到了一点主动,心里也就踏实平静了许多。歌山重新抬起头看了这人一眼,歌山发现他的额角处有一条两寸来长的疤痕,歌山觉得这疤痕似曾相识,却怎么也想不起十年之前的那个人脸上是不是也有这么一条疤痕。他的神情依然似笑非笑,目光依然那样咄咄逼人,倒好像不是他的脸上而是歌山的脸上有一条来历不明的疤痕似的。歌山便抽出一根牛皮带,仔细端详了一下,发现这些牛皮带确实与自己那根断掉的牛皮带如出一辙。歌山摸弄了一阵,终于情不自禁地问道:

"你过去到这里卖过牛皮带吗?"

"来过一次,那是八九年以前的事了。"

"不!"歌山简直是脱口而出,"是十年以前!"

这人皱了皱眉头,说:"可能吧。那次我不大走运,卖了两天只出手一根皮带。"

"是吗?!"歌山有些激动地说,"真是太巧了!那根皮带就是我买下的!"

这人眯缝着眼睛,脸上没风没雨,缓慢地抬了抬头说:"噢,是这么回事。挺有缘的。"

歌山这时已经坚信不疑,他认为眼前这个不显山不露水的侠客似的汉子正是十年前卖给他牛皮带的人。看着这汉子沉默黯然的脸,歌山的头脑里恍然有十年的时光像轻烟似的一晃而过。歌山觉得有些琢磨不透这汉子,这汉子看上去沉默寡言,老谋深算,坚毅沉着的外表下又仿佛弥漫着深远的忧悒和疲惫。面对眼前这种不可思议的巧合,歌山忐忑地觉得自己也许落入了某个圈套。

"对呀，是挺有缘的，"歌山有些走神地说，"噢，你的牛皮带挺好的，挺结实的。"

"真皮的，你挺识货。哎，你那根皮带怎样了？"说这句话的时候他的脸上闪过了一丝笑容。

"断了，刚巧是今天下午断的，呃，噢，系了十年了，是我自己不小心弄断的。你这些年一直在卖牛皮带吗？"

"一直卖。"

"挺辛苦的吧，生意还好吗？"

"凑合吧。混口饭吃。"

"你一定到过很多地方吧？"

"唔，跑遍了全中国。"

汉子说完，顾自抽出一根不带过滤嘴的香烟，点上火抽了一口，然后抬起头，不动声色地慢悠悠地说：

"四五年前，你是不是到过四川万县？"

歌山听了这汉子突兀的提问，着实吓了一跳，脑子里仿佛出现了一道闪电般的罅缝。歌山疑惑而又紧张地说："怎么了，好像去过，好像是四年前的这个时候，我出差路过那儿。"

"你是不是在万县境内一个叫武陵镇的汽车旅馆前和人吵过架？"

歌山听了这话，完全像木偶一样愣住了，手中的牛皮带颓然落地。

"如果我没记错，你当时也是穿着一件你现在穿的这种褐色衬衣。那次我在那儿卖皮带，我看见了你们吵架，那个西瓜贩子手里操着一把刀，你当时手里就捏着我卖给你的牛皮带。"汉子吐了口烟，顿了顿，说："我是看见你手里的牛皮带，才摘下草帽走过去的。"

听着汉子不紧不慢的没事似的叙述，歌山的脑子仿佛经历了一次悬空的自由落体，他觉得自己被一张神秘莫测的看不见的网捕获了。歌山当然忘不了那次遭遇，他清晰无误地想起了那次在四川万县停车吃饭时和那个西瓜贩子吵架的情景，仿佛一下子又回到了四年之前，吵架的种种细节好像蒙太奇慢镜头一样生动无比地浮现在脑海。歌山记得当时那个家伙非要让自己买下一个只有三成熟的黑皮西瓜，自己不想要，因为那西瓜的籽还是白的根本没有熟，可那家伙却说就是这样的品种，不要也得要。歌山甚至重新体验到了当那家伙操起长长的剖瓜刀的一瞬间，自己是怎样下意识地一把抽出裤腰上的牛皮带的。那惊心动魄的情景历历在目，几乎让歌山在事隔四年之后的今天仍然心有余悸！

歌山看着这汉子似笑非笑的神情，看着那条间或一亮的疤痕，心里莫衷一是混乱不堪。歌山既为自己能在四年前的那次险情中平安脱身而感到侥幸，又为眼前这种虚幻般的邂逅和冥冥中的那种几乎是神秘的牵连和对应而惊骇不已。歌山知道使自己在四川万县脱险的正是眼前这汉子，歌山豁然明白自己一开始看见那条疤痕的时候，为什么会有似曾相识的感觉。

"这么说，当时劝架的就是你喽！那次多亏了你，那个西瓜贩子一看就是个地头蛇，真打起来我非栽在那个鬼地方不可，还真多亏了你。"

"哼哼，你的确不是那个西瓜贩子的对手，出门在外，能忍则忍。"

歌山很想问问汉子脸上的疤痕是怎么留下的，可不知怎么又克制住了这种欲望。歌山感到自己的脑子有些空旷有些发胀，在耀眼的阳光下，歌山忽然感到了一阵突如其来的疲乏与虚弱，虚弱得就像一片风中的纸鸢。歌山觉得自己整个下午以来都仿佛是在泥沼中跋涉，仿佛在刚才的一会儿里，自己累不堪言地经历了漫长的梦幻般的十年、五年。

"怎么了，你的脸有些白？"

"哦，没什么，可能是太阳晒的。"歌山勉强地答道，他觉得自己的额头直冒虚汗，两腋冰凉。

也不知道是不是天气炎热的缘故，歌山很想早点离开这儿，他摸着手里的皮带问：

"这皮带现在怎么卖？"

汉子吐了口烟说："嗨，我们挺有缘，我也不好意思跟你讲什么价，卖别人十三块五，你嘛，十块钱拿走一根！"

"那就太谢谢了。"歌山说完便掏出了钱。

歌山拿着牛皮带站起来的时候，也许是因为在太阳底下蹲得太久，他蓦然感到一阵金星直冒的剧烈眩晕。一刹那间，歌山看见的一切就像电影胶片烧掉时闪现在屏幕上的景象。

稀里糊涂走出十几米远之后，歌山才想起自己忘了和那汉子道别，歌山就止住脚步回过了头。两人之间洋溢着耀眼的阳光，宛若隔着一道虚幻的河流。那汉子也正眯缝着双眼朝歌山看，脸上神情淡漠，重又显得平静如故，就好像什么也没发生过一样。

4

晚上，歌山把系在裤腰上的新牛皮带解了来，把它和那根断牛皮带摆弄在一起，在灯光下看了半天。歌山觉得这两根牛皮带相似得惊人，无论是长短厚薄都一模一样，连扣眼都能对在一起，中间部位都有一小段弯曲的弧度，唯一的区别就是新买的牛皮带色泽稍浅一些。歌山不由自主地想，也许，与这两根牛皮带休戚相关的那两头曾经活在世上沐浴着阳光啃食过青草的牛，有什么血缘关系也未可知。

这天晚上，歌山根本就看不进去书，因为他的脑海里不断地浮现出那两头牛,两头水牛摇着尾巴,在深不可测的时空之中飘忽往来。

为了消除牛的幻影,歌山就打开电视。

电视里正在播放《动物世界》。歌山看见一片俯瞰视角下的碧蓝的大海,涌波荡浪的大海显得无边无际,就像时间那样没有限度深不可测。那位著名播音员的声音从很近的地方发出,听上去却好像自遥远的地方传来,歌山只恍惚听到这么一句:

一条大角鲨从佛罗里达的海面游过……

人是怎样长出翅膀来的

1

程度的职业注定了他是一个耽于幻想的忧悒者。因为他是巨型吊车驾驶员。

程度 20 岁那年参加工作，来到市建筑公司，当了一名吊车驾驶员。从此，他的滞缓低沉的生活差不多由地面上升到了天空。

第一次登上高耸的吊车驾驶室，程度环顾四周的天空，只觉得自己的躯体轻悠无比，像一片飘荡在空中的纸鸢。而当他勾头俯瞰遥远的地面时，魂魄就像一只苹果似的重新坠落下去。确切地说，第一次登上吊车之顶的仅仅是程度的肉体，他的魂魄却不可救药地背叛了他，依然故我地死死地滞留在地面。这样的情形维持了有一段时间。促使程度的魂魄一步步地游移着上升，和肉体汇合在一起从而克服了那种落差和悖离的，与其说是程度的主观意义上的努力，还不如说是一种习惯性的麻痹和过渡作用，是浮托和消蚀一切的时间对地心引力的抵抗和架空的结果。等到那种悬空和失重的眩晕慢慢地消失和湮没，程度惊异地发现自己和白云的关系已经嬗变成了牧羊人和羊群的关系。那一朵朵或远或近漂浮在天空的云朵，看上去确乎就像一只只跑过来跑过去的绵羊了。

飞鸟从天边横着移过来，长久地停滞在视线一动也不动，然后又倏忽从身边一掠而过，几乎能听得见翅膀扇动空气的声音。就这样，程度对鸟儿的飞翔问题萌生了崭新而又深入浅出的理解，他恍然体会到飞翔是件自然而然的事情，既不容易也不困难，好像一点儿也不足为奇了。在以后的缓慢而又悬置的空中生涯里，程度时不时地就会沉湎在幻觉之中，他觉得自己仿佛也是一只鸟，是一只停止了飞翔栖息在鸟巢里的孤独之鸟……

很快，程度在二十年漫长的生活里所形成的感觉和意识开始异化变质甚至坍塌。在程度的垂直向下的目光中，人流和车辆变成了雷雨前繁忙的蚂蚁，树木衍化为草丛，房屋则趋向于低劣紊乱的积木游戏。尤为重要的一点是，程度脱离了混乱驳杂、冷漠骚扰的视线之网，从根本上游离了那种只有人与人之间才会形成的混账关系与灰色氛围。看着那些失去比例的矮小芜杂的芸芸众生，程度情不自禁地觉得，自己是一个超脱的优越者和合法的窥视者，是一名独具一格的鉴赏家和任性的批评家。当然，程度也并不是没有意识到，这一切，是以难言的忧悒和深刻的孤独为代价的。

对吊车之顶的程度来说，地面和天空宛然已经具有相同的意义及性质，因为它们都是那样的可望而不可及，遥远得让人心悸，让人直打寒噤。

在悬空的最初的生涯里，程度的睡眠总是伴随着呼喊和冷汗，他老做那个见鬼的噩梦。程度先是梦见吊车的铁架自行撤离，像空气一样消失，驾驶室于是像一个火柴盒似的凌空悬浮着。接着，驾驶室的顶棚像纸片一样被风刮走，而四壁则像荷花一样打开凋落。

程度颤巍巍地站在那块不到两平方米的铁皮上，风把铁皮吹得晃晃悠悠，他开始拼命地呼喊求救，可地面上的人谁也没听见他的呼叫，好像都在故意装聋，在幸灾乐祸。最后，脚底下的铁皮冰块似的倏然滑走，消失得无影无踪。程度双脚乱蹬，挣扎呼救，魂飞魄散。奇怪的是他并没有掉落下去，而是一直那么不上不下地横空悬挂着，僵持着……

当程度结束了一天的空中生活，沿着铁架往下爬，像西下的夕阳一样重新回到地面的时刻，他觉得地面是那么坚硬如铁，而双脚则是那么细软，倒好像组成双脚的材料不是血肉和骨骼，而是煮熟的面条似的。离开工地，程度几乎没有在繁忙的街上多逗留，他就像一个无声的影子一样匆匆地掠过傍晚的城市景象，径直向家里走去。这样，程度离开吊车驾驶室那个空中盒子，又回到家里的由厨房改造而成的地上盒子。这两个狭小的盒子几乎构成了程度生活的起点与终点。

程度发现自己慢慢地变得不适应地面了，从空中回到地上，就像淡水鱼游进了咸涩的海水，那些熟悉的生活场景非但没有让程度感到久别后的亲切，却反而让他感到莫名其妙的异样和疏远。显而易见，程度不愿意让自己也成为从吊车上看来是如此庸俗可笑比例失调的芸芸众生之一，他不愿意接受这样的事实，可又避免不了这个事实。

从这种矛盾和尴尬的状态中逃逸出来的唯一途径，就是离开地面，又一次登上高耸入云的吊车之顶……

相比之下，程度已经别无选择地偏爱吊车上的空中生活了。他喜欢和飞鸟为伍，喜欢看着白云慢慢地从头顶移过，他已经可以毫不畏怯地让驾驶室的铁门自由自在地开启着，以便让自己更直接地和天空融会抚触。程度痴愣愣地看着鸟儿飞来飞去，看着鸟儿身子一翻忽然改变方向所形成的优美弧线，恍惚之间，他觉得自己轻盈起来，不断地轻盈起来，只要稍一努力，稍一扑腾，自己就能飞进蓝天。

毫无疑问，程度在操纵吊车的过程中获得了一种本能意义上的满足，这是一种离自豪非常不远的感受，是一种常人无法领略的体验。那颀长无比的吊车臂简直就像是程度的手臂的伸展和延长，吊车的铁支架也俨然是他的躯体的一部分，整座吊车和程度融为一体。举手投足之间，山一般沉重的水泥预制件就像弹奏乐器一样被轻易地升降和调度，几乎不费吹灰之力。而只要稍一疏忽，只要一念之差，灾难和鲜血就会像鲜花一样在遥远的地面盛开和回荡……这样的操作和调度给程度带来的是超凡的巨人一样的感受，以至于常常使他陷入幻觉，把幻想与现实混为一谈，恰如他混淆了天空和大地的迥然的性质一样。

当吊车停下来的时候，当程度看够了白云和飞鸟或压根儿看不见云和鸟的时候，他就会陷入一种难耐的孤寂和忧悒之中。为了排遣空中生活的孤独和忧郁，程度时常眺望附近楼房的一扇扇窗户。

地面上蠕动的人流和车辆，早已使程度感到厌倦，他们总是那么单调呆板，毫无生气。而每一扇窗户却都有独特的面貌和丰富的内涵，窗户是千变万化的。一扇窗户差不多就是一个谜。

随着岁月的流逝和季节的递进，程度的吊车不断地挪动和迁徙，就像一只流浪的候鸟。多年来，程度的吊车的足迹遍及这座城市的各个区域和角落。程度对城市里的鳞次栉比的房屋和建筑已经熟稔得了如指掌，因此，他所见过的窗户已经数不胜数。

在程度的眺望或者窥视的历史里，他曾经目击过五花八门的各种图像和风景。其中，有自以为是的如意算盘和欲盖弥彰的阴谋诡计，有偷情的开幕式和爱情的结局，有脸红脖子粗，有滑稽的扩胸运动，有模糊的喜剧，也有清晰的悲剧，诸如此类，不一而足。在平时，在许多公共场所，能够目睹的仅仅是生活的正面或表面，而窗户则是一个不可多得的独特的荧幕，凭借天时地利，程度在这个荧幕上窥见了生活的背面。

程度发现，所有的窗户几乎具备一个普遍的特征，那就是每一扇窗户都垂挂着窗帘，而且，大多数窗帘在大多数时间里总是天衣无缝地紧闭着。令人惊奇的是，无数的窗帘布各有各的质地与色彩，几乎没有重复和雷同的现象，恰如窗户里的人各有各的面貌和形状一样。根据那些色彩纷呈的窗帘，程度可以准确无误地判断和猜测屋里主人的年龄气质爱好甚至他的身高血型睡觉的姿态以及打喷嚏的音量……当然，程度希望用眼睛代替想象，也就是说，程度希望窗帘是洞开着的。面对那么多无动于衷的关闭的窗帘，程度觉得是针对他的无情的拒绝，是被动的无奈的隔离，一想到这一点，程度总感到烦躁和愤怒，愤怒之后则是失望甚至绝望。程度下意识地幻想着这样的情景：世界上的所有窗帘都在一秒钟内像幕布一样拉开……

2

歌山是在霍然之间发现那个可恶的窥视者的。那天歌山俯身到窗外取拖把，他先是感觉到那强弩之末一般射在窗口的视线，这视线像麦芒一样不偏不倚地扎煞在他那俯就的脊背上。歌山抬起头来，那遥远的视线便像透明胶一样贴在了他瘦削的脸上。就这样，歌山望见了坐在高高的吊车驾驶室里的几乎可以说是凌空的窥视者。那一刻，拖把垂直地钟摆似的悬挂着，歌山差一点遗忘了手中的拖把的存在。

歌山是一个轻闲的普通物理学教师兼焦躁的业余小说作者。多年以来，歌山一直在现实与幻想之间颠扑徘徊，小说和物理学像一副夹板一样弄得他左右为难憔悴不堪。在歌山看来，生活就是徒劳的跋涉和无望的漂泊，至于文学之梦，早已被无数的退稿信催生成了混账。通过一次又一次的失败，他得出了一个成功性的结论：最好的语言就是沉默，而小说就是扯淡！悲观主义的歌山总觉得自己是一个倒霉透顶的永远的异乡人，一个纯粹的背时鬼，一个呼气与吸气之间的叹息者。

妻子史雯在如此酷热难当的夏天由于月经反常而导致了可怕的怀孕，窗外却恰恰在这时候展开了一场大规模的施工。一开始是水泥桩的打击声，然后是不分昼夜的电锯声和水泥搅拌机的轰鸣声，使怀孕的妻子的神经受到极度的刺激和压迫，从厌食失眠到频繁的呕吐。妻子的脆弱的身心不断地脆弱下去，最后终于卧床不起。歌山觉得自己真是倒霉得不能再倒霉了！

歌山看见那个探头探脑的窥视者之后的第一个反应，就是伸手把粉红色的窗帘拉上，借此把居心叵测的讨厌的视线割断消灭。

可是，妻子史雯的摇头和摆手却使本来很简单的事情趋向复杂和艰难。

近来，身心交瘁的史雯胸闷头晕，总觉得屋里的空气不够用，总觉得自己随时都要窒息过去。她越来越讨厌粉红色的蚊帐和窗帘，看见它们就难受得不行。所以，歌山刚把窗帘拉上，史雯的脸上顿时就涌现出痛苦的表情，好像马上就会憋死一样。当初，史雯是最喜欢粉红色的，蚊帐和窗帘都是她自己一手选购来的。

看见史雯的这副样子，歌山犹豫了一下，只好无可奈何地把窗帘重新拉开。这样，歌山感到那居高临下的可恶的视线又像开了闸的水一样穿越窗户，汹涌而入。

歌山落在进退两难的境地，束手无策。歌山觉得自己的生活中经常出现这种似曾相识的陷阱，就像一个人走路，走着走着就走进了一条死胡同。

窥视者的高度和位置，妻子史雯的糟糕的状况，两者简直成了联盟和同谋，像一副夹板似的把歌山活活地夹在中间，左也不是，右也不是。

双人床紧靠着单身宿舍的窗口，几乎挨着暖气片，史雯松松垮垮地仰躺在席子上，像任人宰割的羔羊。难以驱除的炎热使史雯习惯于裸露，再轻薄的衣裙都成为她沉重的负担。歌山眼巴巴地看着那人的视线大摇大摆地走进窗口，进而像蜈蚣似的爬上史雯的胴体。

不战自败的歌山意识到了事情的荒诞与严重。

关键是窥视者和史雯一个愿打一个愿挨，歌山不可能在这间拥挤的房子里移动床位，他插不进去手，他几乎成了一个恼怒的多余者……

3

程度眼看着粉红色的窗帘像瞌睡者的眼皮一样嗒然合上，他的惊异的视线被拦腰斩断。可过不一会儿，窗帘又自动开启，屋内的一切像一本失而复得的画册一样重新打开。

程度的视觉中心是一个白皙的几乎裸露的女人躯体，那慵懒的姿态，那丰腴饱满的美妙曲线，使程度瞳孔放大，心跳如鼓。

在有限的空中生涯里，程度还是第一次窥视到如此没遮没拦、绚丽浪漫的图景。程度情不自禁，惴惴地觉得这是一场梦幻。

程度的双眼如饥似渴一眨不眨地盯着这幅随时可能消失的梦幻般的图景，他感到自己的贪婪的视线像弦一样颤动不已。

那女人东西向地仰躺着，被一根垂直的窗框条一分为二，而胸口以上的部分刚好被墙壁挡住。程度猜测着女人那迷人而又未知的脸，程度不知道与如此美妙的胴体相连的究竟是怎样一张脸，程度实在想象不出。他真想让视线穿透厚厚的墙壁，真想一览无余地看见那张谜底一样的脸。

程度当然也看见了房间里的另一个人,那个男人,他无疑是女人的丈夫。他不停地在窗口走来走去,这就大大地妨碍了程度的视线。程度感觉到那男人发现了自己的存在,程度甚至能感觉到那么一股子遥远的敌意。

　　可窗帘却一直没有关闭,一直开启着。程度感到迷惑不解,那粉红色的窗帘为什么拉上复又拉开,那男人为什么要这么做?

　　程度感到实在太蹊跷了,这件事情完全悖离了程度以往的全部窥视经验。程度弄不清那男人葫芦里到底卖什么药,他也不想急于去弄清,他下意识地把这事情理解成一次天赐的机遇,当作一种冥冥之中的补偿。此时此刻,程度急于想做的自然不是思索,而是聚焦和注视。

　　如果说,那女人的脸以及这件事情本身是一个难解的谜底,那么女人白皙丰满的胴体则是荡人心魄的谜面。程度长时间地盯视着这个谜面,这谜面像一个耀眼夺目的光源。这光源放射出来的神奇罕见的光芒,击穿了程度蒙昧的心灵,照亮了他生命中未知的黑暗的领域。程度稍为平静一点之后,他几乎对那女人产生出一种感激似的东西,滋生出一种隐秘的可塑性极强的情感。

　　当然,程度这种微妙的内在的情感里自始至终混合着强烈的外在的好奇心……

4

　　窥视者的出现,使歌山完全陷于坐立不安的困境。

　　铺开稿纸,歌山一个字也写不出来,脑子里仿佛翻腾着一团褐黑的烟雾。看书同样也变成了不可能的事情,眼前的文字就像风中的枯叶一样自行飘浮了起来。

　　歌山唯一能做的事是打苍蝇。他举着苍蝇拍,见一个打一个,每打死一个苍蝇，就觉得发泄了一份烦躁和怨愤。等到屋子里再也看不见苍蝇的影子的时候，歌山便嗒然若失，重新变得无所事事。

歌山本来想给建筑公司写一封揭发信，可转念一想，又觉得非常不妥，因为如果真的写去这样的信，非但可能毫无益处，反而会遭人嬉笑。况且这事情只能意会不可言传，歌山也无法写好这封信。歌山的自尊心和虚荣心都阻止他写这种冒失的信。歌山发现自己真的是上告无门毫无办法，简直是悲惨得很，这样翻来覆去一想，歌山便体味到了什么叫恶火攻心。史雯自己却对这件事情抱着听之任之的无所谓态度。她既无视窥视者的卑劣和阴险，又不理解歌山的嫉恨和焦躁。她居然认为歌山是小题大做自寻烦恼。

所以，歌山所遭受的，是窥视者的无耻和放肆与史雯模棱两可、麻木暧昧的态度的双重压迫和挤榨。在这种糟糕透顶的境况下，歌山的理智变得摇摇欲坠、岌岌可危，便是在所难免的事情了。

疾恶如仇的歌山决不甘心坐以待毙似的忍受这种不可忍受的局面。他的天性血型以及胸腔的大小无不决定了这一点。

歌山义无反顾地开始了反击。当然，他所能采取的全部行动就是站在窗口与窥视者对视。

歌山是个戴着眼镜的高度近视者，他不能完全看清窥视者的脸和表情，不过，他深信自己的瞳孔里射出的是斜向上的激光般的正义的视线，而窥视者的视线是理屈词穷的心虚的视线。歌山仿佛听见两种视线在空中纠结扭打的咔嚓声，他一厢情愿地觉得窥视者的视线正在必然地衰败弯曲和断裂。

为了加强声势提高战斗力，歌山还动用了嗓音，挥戈着手臂……

5

　　程度没有料想到那男人会做出这等可笑的举动。程度早就凭借房间里靠墙而立的排排书籍和那两块反光的眼镜片判断出那男人的身份，他觉得拥有这种身份的人是不应该这个样子的。

　　本来，程度已对那女人萌发了一种异样的说不清道不明的情感，他甚至觉得自己和那女人之间已经建立起了一种虚幻的默契。所以，他对自己的窥视行为感到有些不太好意思，这种不好意思其实已经距愧疚和亵渎的感觉不远。

　　现在，那男人气急败坏、色厉内荏的样子，却无形中起到了推波助澜、煽风点火的作用。程度觉得那男人简直是咎由自取。这样，程度欲罢不能的窥视欲望便变得水涨船高，而且，程度觉得自己的窥视差不多演变成了一种赌气，一种戏谑和玩笑，一种幸灾乐祸。

　　程度干脆打开了驾驶室的铁门，吊车一停下来，他就把整个身子伸探出去，还向那男人做了几个鬼脸……

6

　　事态的发展完全违拗了歌山的愿望和打算，彻底粉碎了歌山的计划与理智，终于一步步地把他推上了弦断玉碎一般的绝境。

　　刚巧，学校里那个外号叫骆驼的体育教师那两天不知从哪儿弄来一把气枪，天天在校外的小树林里转悠打鸟。

　　歌山就瞒着史雯借来了那把鸟枪。还骑着车专门到干杂货商店买了几个电光鞭炮……

7

那人已经连续两天没在窗口露面了，程度感到有些意外，甚至有那么点茫然若失。

程度的眺望遂又失去了那种戏弄的刺激性的成分。

几天以来，程度的内心躁动不安，他的神经一直处在兴奋与紧张的状态之中。就像一个人大病一场，程度感到了一种说不出的疲倦，当然，这种罕见的疲惫与沮丧和萎靡无关。由于那个女人谜一样的介入，程度觉得一切都发生了不可逆转的变化，他对这个世界，对自己的生命本身，似乎都有了一种别开生面的新的认识。一直伴随着程度空中生活的孤独和忧悒好像一下子不复存在了。

在窥视的过程或间歇里，程度那逐渐苏醒的心灵慢慢从肉体的沉湎与痴迷中摆脱挣扎出来，这种挣扎和摆脱虽非彻底，其结果却使程度省悟到自己生命里潜在着一种东西，这是一种窗口的男人根本无法理解的东西。

程度开始对未来生活充满了一种从来没有过的憧憬，这憧憬时而清晰明了，时而深奥玄妙……

8

第三天傍晚，史雯好不容易才睡着了。

歌山故意先来到窗口，向那个不要脸的窥视者挥了挥拳头，喊了几嗓子。然后，他把气枪鞭炮和火柴弄到窗前，偷偷地蹲在了窗下。

歌山抑制不住兴奋与紧张，他的手指有些发颤，连划了三根火柴，才好不容易把鞭炮的引线点燃，随之他甩手把鞭炮扔向窗外。在鞭炮炸响前的一刹那，歌山呼一下站立起来，斜端空枪向窥视者做了个射击瞄准的动作。"啪"的一声之后，世界便静穆如初。

歌山完全惊呆了！手中的气枪掉落下去，先碰了一下窗沿，然后砸在了他的脚背上……

9

那时候，浑然不知的程度正把视线投向西天。锦缎一样铺展在地平线之上的晚霞烘托着那轮百看不厌的夕阳，程度觉得今天的夕阳格外艳红如血，格外亲切迷人，它几乎与程度处在同一高度，仿佛与程度有一种遥远而亲近的呼应。程度的内心深处涌现出一缕问候一般的温馨之情。夕阳虽鲜红欲滴，但一点也不刺眼。程度的视线平直而迷醉。程度觉得自己是在这个世界上，在此时此刻，用这种独特的视角和情感眺望着夕阳的唯一的人。程度觉得自己和夕阳之间真的有一种柔情与契应。

然而，夕阳同时又是那么遥不可及、那么不可思议、那么神奇，显得既真实又虚幻既具体又抽象，程度觉得自己永远也把握不了它捕捉不住它。程度长时间地凝望着西天的夕阳，心怀空远，头脑宁静，仿佛被净化了一般。恍然之间，程度的脑子里浮现出了那个女人谜底一样的脸，那女人的脸像昙花一样在程度的脑海里开放了一下。那一刻，程度觉得自己已经想象出了那个女人应该有怎样一张脸。程度觉得是夕阳忽然启迪了自己。程度想，女人和夕阳一样，都是这个世界上的奇迹。

在此期间，程度自然看见了窗口那个两天没露面的男人，还依稀听到了他的喊叫，可程度已然对他失去了兴趣，懒得再去挑逗他，没有心思再开那种无聊的玩笑。程度只是继续眺望着西天，凝视着夕阳，顾自沉浸在无边的遐想之中。为了更直接更真切地凝望西天的夕阳，程度还差不多把上半个身子全探出了驾驶室。程度做梦也没有想到，过不一会儿，那轮西下的夕阳对他来说就是东升的旭日了。

枪声响起的那一瞬间，探身向西的程度几乎没有更多的反应，他只来得及最后瞥了一眼那个窗户，他看见的是一杆步枪的比夜晚还要黑暗的枪口，程度听见自己的生命里响起了一声鸟的悸叫。他伸出双手，仿佛想抓住什么东西，可事实上，他抓到的只是虚无。

就这样，无魂的程度像一只爹开翅膀的鹰一样飞进了昏黄的天空……

下楼或者上楼

程度每天都要下楼，手里拎着一只公文包，或者拿着两本书，当然也有可能空着双手。程度带上房门，穿过一段楼道，然后就开始下楼。

如果是在晚上，而且刚巧又停电，那么楼道里就很黑，黑得不能再黑。程度出了门，穿行在狭窄而又黑暗的楼道里，感觉便很特别。每走一步，程度都得为自己的鼻子的命运担忧和操心。程度的双脚犹豫得就像瞎子手中的那根竹竿，而他的双手则像章鱼的触须一样伸开，探索着坚实或虚幻的墙壁，他弄不清自己是在避免碰壁还是在走向碰壁。毫无疑问，楼道变得很漫长，漫长得不知道什么时候才能到达终点，而自我意识则挤缩得很小，小得只剩下一个灵魂。与楼道里的这种名副其实的黑暗相比，程度觉得最深奥难懂的哲学也显得一览无余算不了什么。在这种与其说行走还不如说摸索的过程中，程度往往下意识地相信，一切开端总会有一个结局，起点毕竟通向终点。这几乎是程度通过有限的生命实践尤其是停电的夜晚穿行在漆黑的楼道里时所感悟到的通俗而又可靠的信念，这样的信念介于主动与被动之间。事实上，携带并依赖于这种信念的程度不一会就真的走完了楼道，从而来到了楼梯口。

楼梯口是楼道的终点，但同时又是楼梯的起点。抵达楼梯口的程度知道，楼道和楼梯是完全不同的两个概念，两者貌似接壤，实际上有着本质的差异。在充分必要地认清这种差异之后，程度的右脚方始小心地试探性地迈下了第一级楼梯，等右脚底拥有稳妥无误的踏实感，程度才一边将身体的重心下移到右腿，一边缓慢地让左脚落在第二级楼梯上。在接下来的整个过程中，程度的双脚具有了并施展着手的功能，或者说，程度的双脚已然嬗变进化为双手。刚开始是试探性的，摸索的，小心翼翼的，稳当有余勇敢不足。渐渐地，交替下移的双脚熟谙了楼梯的不可能不如此的固有规律，慢慢变得大胆和熟练。大约迈下五六级楼梯之后，程度的双脚已经显得驾轻就熟得心应手，已经像手指敲击键盘一样充满自信和节奏。走着走着，程度差不多觉得自己的躯体已经不复存在，只剩下了娴熟自如的双脚，连双脚也好像不存在了，只留下迈步本身。就这样，伴随着内在的紧张，程度进入了起码是想象上的自由和轻松。程度由衷地体验到，在特定的情况下，轻松和紧张其实是一码事。他甚至想起了赫拉克利特的著作残篇51中的那句格言：相反者实相成，对立即和谐，正如弓与六弦琴。

当然，并不是每个夜晚都是停电的，相反，停电倒恰恰是罕见的。在不停电的夜晚，程度下楼或上楼的时候就会是另外一种可想而知的情况了。

程度手里拿着东西或者什么也没拿，带上门，穿过楼道，然后在楼梯上拾阶而下。这是经常而平常的事情，程度每天都要下楼和上楼，与夜晚相比，白天下楼或上楼的次数显然要更多一些，这是很自然的。

一次下楼就对应着一次上楼，反之亦然。上楼和下楼是一个问题的两个方面，就如此岸与彼岸，而程度是两岸之间的一名合乎情理的传统意义上的摆渡者。每天，程度既要下楼又要上楼。下楼的时候，程度没去想上楼时的情形，上楼的时候，程度也没想下楼时的情况。上楼就上楼，下楼就下楼，程度不能同时既上楼又下楼，程度不能一次踏进两条河流。这又是古希腊人赫拉克利特说过的话。

总之，程度不可能老待在房间里，一个人的确不能整天整夜地待在房间里不出来，那样的话就无异于自己把自己囚禁起来。所以，程度每天都要下楼。去讲课，去看一场不痛不痒的电影，去踢球，去买一包总是那个牌子的烟，去拜访一个与诗人在一起时是小说家，与小说家在一起时则以诗人的面貌出现的朋友。如果朋友家住的是楼房，这种情况当然是最常见的，那么去拜访的话就必须上楼，拜访结束再下楼……这一切都成为过去进行时，接下来，返回就是顺理成章的事了。一个人也不能总待在外面，不能总也不回属于自己的房间，除非是自己把自己流放。所以说，到了一定的时候，等着程度的自然就是返回，就是上楼。很显然，无论从哪个角度来看，程度都算不上偏激到了极端的人，而囚禁和流放无疑是两种遥远而又相向的极端。程度没有走极端，程度也不想走极端，至少到目前为止他还没有这样的打算。正因为如此，程度每天既要下楼，又要上楼，尽管下楼不算开始，上楼大概也不是结局。

在轻松愉快的日子里，程度觉得上楼就像下楼那么轻而易举，在抑郁烦躁的时候，程度则感到下楼比上楼还要费劲，有些时候，程度每一步都迈上两级楼梯甚至更多；有些时候，程度会心血来潮似的，一蹦就跳下最后的四级楼梯。当然，在绝大多数情况下，程度的每一步只意味着上升或下降了一级楼梯。

从某种意义上说，程度的生活就等于下楼上楼，这样说可能难免夸张，却一点也不算过分。

程度住的是一幢五层楼，楼房的形状是几何学意义上的严格的长方体。这种形状平稳工整但缺乏生气，几乎毫无想象的余地。这倒符合楼里的人单调呆板的工作方式和生活方式。楼内的房间格局是最常见的那种，南面一排房间，北面一排房间，北面还有厕所和洗脸间，两排房间之间则是一条司空见惯的楼道。程度住在四楼朝南的一间房子里。四楼是男性宿舍，五楼则住着性别相反的人。三楼二楼一楼是单位里名目繁多花样翻新的各种办公室，毫不经意地证明了麻雀虽小却五脏俱全。因此，整幢楼的外形虽然简洁呆板，里边蕴含的内涵却色彩纷呈，胜似一个大杂烩。

　　程度的职业可以被认为是一名数学教师，他不是坐办公室的，迄今为止他还没有喝茶看报的习惯，他的工作场所主要是在教学楼。每天上午，他几乎都要拎着那只老面孔的公文包，独自下楼，再走到教学楼，上楼给学生讲形式与内容同样枯燥的数学课。下了课，程度一般都是径直下楼，离开教学楼，然后再上楼，回到四楼那个朝南的房间。到了午饭时间，程度就再度离开房间，下楼，到食堂去吃饭……

　　在一般情况下，程度总是独个儿下楼或者上楼。程度差不多是一个十分内向的人，仿佛他教的数学课死板单调的因素已经渗透进了他的血液。别人甚至觉得程度有些孤僻，因为人们发现，程度总是独个儿上楼或下楼。

　　不过，事情也不是绝对的。程度下楼或上楼的时候，并非永远形单影只，有那么几次，数学教师程度是和一个住在五楼的叫瑛的人一起上楼或下楼的。为此，有人还顺水推舟由此及彼地得出一个管见：程度和瑛在那个。自然，这种囿于捕风捉影范畴内的论断，似乎也自有它的合理内核，因为谁都知道，任何一个人，哪怕就像程度那样内向者，也绝不是爱情领域里的绝缘材料，爱情的领域里没有绝缘材料。何况，有那么几次，程度和瑛确实是并驾齐驱，一起上楼或下楼的，而且两人的位置和距离，也似乎不可能缺乏应有的内涵与意义。

　　在对待这件事情的态度上，和那些热心的旁观者相比，身在其中的程度自己倒反而显得有些孤陋寡闻。程度一直不知道自己和瑛之间到底发生了什么，还没发生什么，但他并不否认，有那么几次，自己是和瑛一起上楼或者下楼的。程度之所以这么做，原因其实再简单不过，程度有一种先入为主似的莫名感觉，他觉得，只有在瑛的目光里自己才好像不是一个孤僻者，好像才没有什么让人们不舒服的地方。这样一来，当程度在楼梯口或大门口碰到瑛的时候，他就毫不回避顺其自然地和瑛结伴而行，一起下楼或上楼。两个人一边上楼或下楼，一边随便说点什么，程度有时还向瑛请教某个介词的某种特殊用法，这样做很自然一点也不足为怪，因为瑛是一个外语教师。

　　两个人就这样一起上楼或下楼，无论是走在楼梯外侧还是走在楼梯内侧，程度都努力使自己与瑛并肩而行，也就是说，程度想方设法使两个人的左脚或右脚总是同时踏在同一级楼梯上。程度不想冒昧地超越瑛一级楼梯，因为那样做显然不太礼貌；同样，程度也不想随随便便地落后瑛一级台阶，那样势必显得有些没人情味，而落在后面将不得不面对一个女人爬楼梯的背影，那同样是不太文明不太礼貌的。因此每次和瑛结伴上楼或下楼，程度总竭力让自己和瑛保持在同一级台阶上。要想做到这一点，其实并不容易，甚至可以说是挺麻烦的事情。

　　麻烦主要出在楼梯的转弯处。倘若程度位于楼梯外侧，也就是沿着楼梯扶手上楼或下楼，那么，当两个人爬完半层或一层楼梯来到转弯处的时候，程度就几乎不需要走一段弧线不需要绕一个弯，只要让身体转一个180度，就可以继续登上另半层或另一层楼梯。而走在内侧沿墙而上的瑛呢，她在转弯时却必须绕一段弧线，才能登上另半层或另一层楼梯。因此，为了使两个人经过转弯处登上另半层或另一层楼梯时依然能够踏在同一级台阶上，程度转弯时就必须得有一小段原地踏步似的等待时间，而这种原地踏步式的等待又不能搞得过于明显，因为两个人的关系毕竟还不是别人认为的那样。综上所述，程度在转弯时既要等待又要不等待，既要原地踏步又要不原地踏步。程度面临的差不多是一个悖论，是二律背反……而如果程度不是位于楼梯外侧而是处在楼梯内侧，也就是沿着墙壁上楼或下楼，那情况又将大不一样，几乎相反。程度在转弯时就不是原地踏步而应该是突然加快步伐，不是等待而应是追赶。当然，突然加快步伐也好追赶也好，也都不能搞得太明显太露骨。

这样的结伴同行，本来应该给程度带来轻松愉快，可实际上，却把程度弄得疲惫不堪。程度由此得出一个似是而非带有悲观主义色彩的推论：无论是真实还是虚幻的恋爱都是辛苦而又艰难的事情。直到现在，程度和瑛的关系依然没有取得实质性的进展和突破。程度从来没有上楼到瑛的房间里去过，而瑛自然也没有下楼到程度的房间里来过。两个人仍和过去一样，只不过在门口或楼梯口碰到的时候，互相打个招呼，然后一起上楼或下楼……

原来，上楼也好下楼也罢，程度一直是走楼房西头的楼梯的，这已经是个习惯。因为从楼房东头的楼梯下去或上来的话，出去或返回都得绕一个弯，不方便。楼里的人差不多都有走西楼梯的习惯，程度自然也不例外。后来，程度之所以放弃习惯，改走东楼梯，当然不可能是无缘无故的。

程度那天上午和往常一样以一步一级台阶的速度走下西楼梯。按理说，这没有什么反常，不应该有什么事情发生。要知道，程度每天都是这样下楼的。

当程度走到三楼与二楼之间的楼梯上时，他看见单位的头头从下面走上楼来。单位的头头肯定也看到了程度，至少是瞥了一眼程度。程度还没想好自己需不需要向单位的头头打个招呼，是点点头好还是笑一笑好，只见扑通一下，单位的头头竟见鬼似的趴在了楼梯中央。

在程度无数次下楼和上楼的生涯中，还从来没有碰到过这么富于戏剧性的事情。程度显然没有一点心理准备。关键是在程度眼皮底下突然趴倒的不是个一般的人，而恰恰是单位的头头。程度猝不及防地站在楼梯上，不知道应该怎么办是好，不知道需不需要去扶一下，他觉得不扶显然不对，扶也好像不妥，他真不知道怎么办是好。单位的头头是个瘦高个儿，平时总是一脸严肃的样子，好像除了严肃世界上压根儿不应该有别的神情，此刻他非常不宜地趴在程度脚下的楼梯上，很费了一番工夫才把自己那瘦高的个儿重新竖立起来。程度发现单位的头头脸色很青很青，青得像一张光板羊皮，表情则非常稀奇古怪难以定夺，既好像在痛惜尊严的玉碎，又好像在徒劳地挽回失落的尊严，还好像在强调人虽然趴下了可尊严却绝没有丧失。他好像没看见程度站在楼梯上似的，只竭力装出压根儿就不曾跌倒过的样子，顾自上楼而去。程度眼看着单位的头头错身而过，脑子里陡然一片空白，程度愣愣地站在楼梯上，好像还没反应过来似的。程度恍惚记得自己好像和单位的头头微笑了一下，他觉得自己的微笑模棱两可滋味难辨，好像想表示遗憾和同情，也好像要表明自己在单位的头头到的时候出现在楼梯上是不合适和错误的，程度甚至觉得刚才的微笑下意识地承认了单位的头头之所以跌倒自己有不可推卸的责任。程度弄不清自己那要命的微笑到底表明了什么，想表明什么，他觉得自己看见单位的头头跌倒就是错误的，而微笑则更加错误。程度不知道单位的头头是不是看见自己的草率的微笑，他不知道单位的头头对自己的微笑会有什么看法。程度越想越糊涂，越想越没有头绪，他觉得这真是一次倒霉得不能再倒霉的下楼。

那以后，程度每次下楼或上楼遇到单位的头头，心里总是很别扭很不自在。看着单位的头头的脸上那格外的严肃，程度觉得自己好像欠了单位的头头一笔债似的。程度知道，这笔债将永远无法偿还。他觉得那一次倒不如自己跌倒的好。久而久之，程度就不愿再走西楼梯了，他宁愿绕个弯多走点路，从东楼梯下楼或上楼……

当然，不管情况发生了什么样的变化，也不管是走东楼梯还是西楼梯，程度每天仍然要一如既往地下楼和上楼，因为早饭，因为讲课，因为中饭，因为踢球，因为晚饭，还因为夜晚耐不住寂寞。程度总要下楼，下楼之后无疑就是上楼。在一般的日子里，程度上楼下楼的次数是基本确定的，这一点不难想象。

可是，如果程度某一天下午到窗口收衣服时，发现哪条裤子掉了下去，那裤子看上去就像是自己从窗口跳下去落在地上那样趴在那儿，那么这一天上楼和下楼的次数至少要多出一次。与此相反，在另外的日子，由于某种或然性缘由，程度下楼和上楼的次数将减少一次或两次。

事实上，用上楼下楼的次数来界定和衡量程度的生活状况并非明智之举，绝不是最可靠有效的方法，而且还容量犯教条主义的错误。比如，最近三天以来，程度既没有下楼也没有上楼，连一次都没有。

因为三天前的那个停电的夜晚，程度带上门穿过楼道，空着双手下楼的时候，不慎跌了一跤，从楼梯上滚下去，把脚扭伤了，还是别人给抬回房间的。这一次，程度光下楼，而没有上楼……

虚幻旅程

1

由是一个介于艺术家和非艺术家之间的人。在一个离秋天大概还很遥远的日子，由一觉醒来，仿佛幡然醒悟了什么，他决定让自己进行一次非同一般的远足。由并没有预先设计旅程的终点，也许不为终点之类的问题操心，恰恰是由的这次远足的必然特性。不过，由从最初那一刻起就毫不犹豫地下意识地确立了这次旅程的方向，由将义无反顾地一直向南。

由的这一空穴来风般的决定，与其说是源于他疏远日常生活的浪漫主义倾向，还不如说是出于生理方面的某种原因。由一直觉得自己的耳朵有毛病，由的听觉无时无刻不被城市里的千百种声音所困扰着。久而久之，由的稀薄耳膜就像风中的笛片一样嗡嗡直响，而他的脑袋则不幸地变成了这种声响的音箱。由常常为此而愤怒，愤怒之后则是绝望。

所以，由的这次即将进行的远足，其实是针对声音的坍塌式溃逃。

临走之际，由对自己的行囊进行了无情的删选。他把牛仔包里的一件件东西揪拿出来，伴随着一次次眯眼与摇头，画笔颜料纸张相机纷纷被丢弃在一旁。由的这种偏执挑剔的举动一直进行到牛仔包空空荡荡为止。最后，由想象并实现了一个足球比赛中的射门动作，牛仔包应声滚进床底。由满意地拍了拍手，他想，牛仔包一定堵在了那个内涵丰富的老鼠洞上了。

随着一记决绝响亮的关门声，由的远足被宣告开始。

由沿着人行道从城市的腹地一路向南走去。

由穿行在芜杂陈旧的城市景象中，商店行人车辆逐步被由甩在了身后，由的毅然的步伐和坚决的神态呈现的不可能不是否定与超越的精神。他走过一个又一个三岔路口，就像跨过一道又一道禁锢的栅栏。而火药味一样充满着空气的千百种城市的噪音，无形中敦促着由的脚步，使他的行走渐次趋向逃亡。

由在其中生活了多年的这座不南不北的城市就像一棵喧哗不止的无花之树，而由无疑只是这棵树上的一片枯叶，现在，这片枯叶终于凋零落地，向南飘去。

由不知道在穿越或逃离城市的过程中自己会不会碰上个把熟人什么的，如果碰上的话，由将把这次一直向南的旅程告诉他，并与他共同分享这次远足的意义抑或一起承受其被动的实质。由觉得在这种时刻自己不会拒绝倾诉，甚至不会吝啬词句和语言。然而，由自始至终没有遇到熟人，由看到的所有面孔都是陌生者的面孔，由看到的所有背影也势必是陌生者的背影。对由来说，背影和面孔几乎没有什么区别，就如邮筒和垃圾筒非常相像一样。由是一个讨厌写信的人。随着城市的渐次后退与郊区的渐露端倪，由心里的倾诉欲望也越加强烈，他甚至情不自禁地走向了一个路边的公用电话亭。

由摸弄着那枚1964年的面值伍分的镀铬硬币，想了半天也没想出应该或可以向谁打电话。由的脑子里既没有熟人的形象也没有完整的电话号码，有的只是一片紊乱型空白。由终于恍然大悟，自己虽然已经在这座以声音著称的城市生活了这么多年，却没有一个真正的朋友，没有一个可资倾诉和诀别的人。于是，由有些茫然地把手中的硬币重新放回了裤袋，由几乎有些沮丧。

　　由的倾诉欲望无疑指归于一种本能的空洞的流连情绪，而这种流连显然说明了由的性格中有非常脆弱的一面。由知道这都是因为自己身上的艺术气质在作祟；由不得不狠劲地掐了掐自己的人中。这以后，由的步伐才开始慢慢变得轻松。

　　过不多久，由就走过了城市的尾声，来到预料之中的郊外。

　　由先是闻到一股植物生长所发出的嫩绿色气息，接着，他的视野里就出现了一大片比人类的思想还要复杂混乱的芦苇。在晴朗的阳光下，摇曳的芦苇深处传来潮水一般的声音，这声音仿佛不是穿过耳膜传入，而是直接流进了由的心灵。

　　由陶醉似的做了几次漫长贪婪的深呼吸。

　　由知道自己已经脱离了城市，或者说城市已经远离自己。

　　此时此刻，由心里的流连和缠绵一扫而光，被郊外的清风吹得无影无踪。由极目远眺无边无际的田野，瞭望着南方的天空。浑身上下的每一个毛孔都感到了蜕皮换壳一样的轻盈与新鲜。

　　由觉得自己的向南旅程就像太阳的光线一样平直迷人……

2

　　由涉过一条小河。

　　由翻过一座土坡。

　　由走在庄稼之间树木之下。

由看见一个农夫头戴笠帽衣着简朴,非常投入地翻锄着土地。由觉得自己无法理直气壮地走近他。

由向一头在堤上优雅地啃食青草的水牛行了个注目礼。

由看见一架遥远的象征主义的风车,风车的叶片无风自动。

由听见羊的叫声,模糊而又洁白。

由穿过一个倾斜复又古老的村庄。村庄里有啄食的草鸡和假寐的花狗,有镜子般反射着阳光的水塘,有开花或结果的木本植物,有很多虚掩的门和炊烟。由基本上没看见什么人,也没听见什么声音。在这样的村庄里,时间凝滞,空间涣散,宁静得就如一幅虚构的画面。

心怀感动的由,像影子一样悄然惜别了村庄,踏上了村南的印满车辙的土路。

由走过一座司空见惯的双孔石桥。

桥头不远处有几间掩映在桑树丛中的草屋,由看见石门槛上坐着一个仿佛一直坐着的老妪,头发花白,表情如土,安然或呆然的目光看着由将走去的方向。那儿有一个土坡,土坡上翠绿着八九株修长的水竹,竹根裸露的坎边,有一座双孔坟穴,其中一个已经封闭,另一个,则像嘴巴一样张开着期望着。由自然明白,那个坟穴是属于枯坐着的老妪的。由看了看平静的老妪,又看了看水竹之下的坟穴,不禁想,难道一个人一生所要走的,就是门口和那个坟穴之间的路程吗?

看着那些一动不动的苍翠的水竹,由感到了一种从来没有过的寂寞和静虚。

由不想惊动老妪,驻足片刻之后,由继续向南走去。

由不知道自己的背影是不是已经构成了老妪目光中晃动而模糊的风景。

由一直没有回头。

3

　　由沿着一条被杂草所左右的小径走进一片槐树林的时候,他一下子觉得自己的耳朵没有毛病了,因为他听见了清晰如初的鸟叫声。鸟叫声清澈,悠扬,婉转,由觉得天底下的任何乐器都无法演奏出这样的声音来。鸟的鸣叫一声又一声地在林间回响,每一声的音高与长度几乎相同,仿佛是一种优美的复沓。很显然,这是同一只鸟叫出来的天籁之音,给由的感觉是,这片树林里好像只有这么一只鸟,这是一只孤独之鸟,忧伤之鸟。一片树林一只鸟。

　　由想象着这只唯一的鸟,想象着它的尾羽它的翅膀以及鸟冠和颜色,他实在不知道什么样的鸟才能叫出如此沁人心脾、使人耳疾顿消的声音来,他想不出这到底是一只什么样的鸟。阳光透过密匝匝的槐树枝叶,金粉似的漏洒下来,使林间氤氲着童话或梦幻的格调。由开始循着鸟叫寻找,他的视线有的放矢地穿透一棵又一棵槐树枝叶,可这只想象中的鸟依然只存在于想象之中。它好像在和由玩捉迷藏的游戏,由始终没有看见鸟影子。鸟鸣声是那样真切那样生动,可这只鸟却似乎是抽象和虚幻的,两者之间存在着不可逾越的戏剧性悖离。作为非艺术家的由很快失去了耐心,甚至变得烦躁不安,而鸟鸣声此起彼伏,显得越加神出鬼没,由怀疑自己遇到了一个不可捉摸的精灵。于是,他拾起一块带棱角的石头,似是而非地判断了一会之后,就奋力把石头扔向一棵槐树,鸟鸣声顿时消失,整片林子一下子静穆下来。惊疑未定的由没有看见那只被袭击的鸟,他只看见一枚绿莹莹的鸟羽从枝叶间缓缓悠悠地飘落下来,看上去就像是一片槐树叶子。为了弥补非艺术家的由的粗鲁与过失,艺术家的由小心翼翼地拾起了那枚羽毛。

由捏着绿色羽毛走出槐树林。

在接下来的向南旅程中,由一直携带着这枚鸟羽,并下意识地把它当成了自己的护身符。

4

由风餐露宿。

由漂泊向南。

在现有的旅途中,由一直没看见预想和渴望的向日葵。

一株也没看见。

那金黄的向日葵。

第三天的晌午时分,由自北向南地走进了一座陌生的城市。

而这几乎是不可避免的事情。因为一旦面临一座城市而不是一个村庄,要想绕开它而不是穿过它就实在不容易了。好在由不会在城市多逗留,他只是要经过这座城市而已。

对由来说,进入城市的表征不是那些外在景象,而是脑袋里卷土重来的嗡嗡声。随着由越来越深地走进城市,脑袋里的嗡嗡声水涨船高。也就是说,由的耳朵又出毛病了。

行人和车辆接踵而来,嘈杂的噪音纷至沓来,由有时只好用捂紧耳朵的方式进行徒劳的抵抗,他的脚步匆忙而又狼狈。

由昏头昏脑地想,所有的城市都像荡妇一样不要脸。一座城市就是一个陷阱。

在这座混乱不堪的城市里,失魂落魄的由遇到了下面这么一些诸如此类的人:

一个因纵欲而秃顶的装潢艺术家,正骑在木头架上制作一幅巨型广告:女人还是"挺"好。

一个自以为狡猾的二道贩子。

一个淮剧演员。

一对毫无学生气的学生。

一个把摩托车弄得风驰电掣的无证驾驶员。

一个以在电影院里当跑片未到时用尖利的口哨声证明自身存在价值的待业青年。

一个失恋或自恋者。

一个口袋里揣着两毛钱而幻想拥有一辆桑塔纳的锅炉工。

一个终于快办好签证要到加拿大去的身份不明的胖子。

一个不像律师的律师。

一个瘦子……

在穿越城市的途中，由还碰到了一起差一点与他有关的车祸。由奋力从拥挤的人群中脱身而出之后，却发现裤袋子里那枚与他出生年份相同的伍分硬币不翼而飞，从而使他失去了占卜的工具。

由迈着松散的脚步，继续向南。

在接下来的旅程中，由基本上囿于这样一个鬼打墙一样的循环：山水、田野、城市，山水、田野、城市……为了反抗这种恶性循环的束缚，由别无他法，只能不断飘荡，继续向南。

由依然没有看见一株向日葵。

由开始有些担心。

如果说由的这次远足是为了躲避声音和平庸的生活，那么，他之所以要一直向南，则是为了看到向日葵。目击并欣赏到大片大片金黄的向日葵，无疑是由这次一直向南的旅程的潜在动力与根据。由生活了多年的城市没有向日葵，对渴望已久的由而言，金黄金黄的向日葵只不过是梦中景物，这就使由一贯对梵高的崇拜和热爱失去了现实的依凭。由一直觉得只有在南方才能看到真正的向日葵，他甚至觉得，南方这两个字眼本身就包涵着向日葵的象征意味。

可现在旅程已经相当漫长，由却连向日葵的影子也没看到。

蹒跚向南的由，心里布满了阴霾。

因为总也没看见向日葵，无形之中，由的远足已经沦落为流浪……

5

在这种山重水复疑无路的形势下，由不可能不柳暗花明又一村地遇到那个叫尤的南方女孩。

这是一次注定要发生的邂逅，当两人目光相接的时候，他们心有灵犀地承认了这一点。

南方女孩尤是一所克力架制作技校的英语教师，而她的一举一动中却透露出一个芭蕾舞演员的诸多特征。在课堂上，尤总是踮着脚尖，不断地从讲台的这头跳向讲台的那头，不知不觉中，尤的讲课已经嬗变成舞蹈表演。班上的学生尤其是男学生总是迷醉于尤的优美舞姿，而忽略了她的讲课。

为此，长着一个硕大的酒糟鼻的校长就一次又一次地找尤谈话，谈话的形式和内容在谈话的持久的过程中无可挽回地趋向暧昧。校长嘴里不断喷发出来的唾沫和口臭，每一次都差不多把尤弄得要晕过去。

简而言之，尤是一个气味过敏症患者。她离家出走的原因，是忍受不了那些乌七八糟的气味，其中无疑也包括了校长的口臭……

由和尤从一见如故到相见恨晚。两个人很快就进入了心照不宣的语言交流阶段。

先开口的自然是尤，女人的主要特点就是语言在前行动在后，她们的倾诉欲望远比男人强烈。尤竭力地不厌其烦地陈述了南方城市里五彩斑斓千奇百怪的混合气味，在列举各种各样的气味的同时，她还前缀或后附了诸多贬义词，甚至不惜使用了一些与她的身份明显不符的脏字,到后来,她干脆把那座南方城市说成是一个臭气熏天的地方,是一座气味横溢的地狱。尤的口音虽然清晰动听很有磁性,可她的叙述却毫无逻辑可言。她的脸上自始至终流露着厌恶不堪的夸张表情。

为了表达对尤的同情和理解,由只好无条件地不住地点头或颔首。

在尤喘息停顿的间歇里,由不失时机分门别类一口气向尤描绘了他那座城市里的七七四十九种声音。由说,某一天午睡醒来,他突然发现四周围充斥着杂草丛生般的声音,有高的有低的、有粗的有细的、有球状的有棱形的、有单调的有重复的、有尖利的有迟钝的,众多的声音像恢恢之网一样笼罩着他,包围着他,使他的耳朵莫衷一是顾此失彼。由觉得自己的脑袋渐渐发胀发昏,胸口发闷,他希望声音能停止一会,像弦一样松弛一会,可声音持续不断一意孤行。由觉得莫名其妙,他想声音怎么一刻不停毫无间隙呢,怎么会是这样的呢?由感到难受感到窒息,他的耳朵开始嗡嗡直响。他关紧窗户,他捂紧耳朵,可声音一如既往地纠缠着他、困扰着他、压迫着他。由觉得自己快要疯了,真的要发疯,耳朵里嗡嗡嗡嗡嗡嗡嗡嗡……从这天起,由的耳朵就出毛病了。

为了被动地躲避声音,由说,他不得不主动离开城市,一直向南。

尤的脸上已然涌现出会心的笑意,她说,她实在忍受不了南方城市污浊恶劣的气味,她要一直向北,走到落雪的北方,她要闻一闻雪的清净的气味……

由和尤是在一个叫十八里堡的村子边夹道相遇的,说话间,两人已经来到了村口晒场上的几座麦秸垛旁边。

两人先后闻到了那股温馨的麦秸味。

尤说麦秸的气味真好闻,每一次闻到这种芬芳,都使她不由得联想到抽象的爱。

由却觉得麦秸垛的形状恰恰暗示了具体的性。

本来，两人是打算在麦秸垛间休憩一会的，可事实上，他们却进行了一场不仅仅是浪漫主义的搏斗。结果，当两人重新走出麦秸垛的时候，身上都沾满了碎麦秸。

由和尤是在分别弄干净对方身上的碎麦秸之后分手的，分手的情形虽然有些感伤主义但却毫不拖泥带水。

看着尤坚决向北的神情，由无可奈何地想，女人就是这样，再深刻也深刻不到哪里去。其实，躲避气味压根儿用不着千里迢迢地离家出走，只要及时感冒就行了，而耳朵是无法感冒的。

为了纪念这次历史性的必然相识，由把一路携带着的那枚绿色鸟羽赠送给了尤。

看到尤的坚挺飘逸的背影从前面的路口一晃而过，由感到怅然若失。他不知道自己在有生之年还有没有可能和尤再度重逢，他不知道南辕北辙是不是殊途同归的一种方式⋯⋯

6

由振作精神，继续向南。

然而，由的步履不可救药地变得患得患失，他的行走离徘徊已经相去并非甚远。因为对尤的怀恋已经理所当然地成了由的负担，这种负担甚至有越来越沉重的趋势。

更要命的是，由一直没有看见向日葵。

由的脚步越来越飘忽，他的内心越来越失望。

为了排遣失望，由不得不一次又一次地在心里培养新的希望。由几乎是自欺欺人地不断安慰自己，也许，再趟过一道河流，再翻过一座山坡，自己就可以看到金黄的向日葵了。

在这样的情况下，由一遍遍地陷入幻觉就不是什么奇怪的事情了。

由幻想着一大片金黄的向日葵突然从天而降，自己的眼前猛然出现一片向日葵的海洋。这是一片梦中的海洋，一片无边无际的黄金般的海洋，就仿佛是全世界的阳光全集中堆砌在了一起。有好几次，由幻然觉得自己真的看见了这么一片海洋，金黄灿烂，辉煌耀眼，这片海洋迎风摇荡，和天上的太阳遥相呼应。在这种摇荡和呼应中，由终于看见了梵高的面孔看见了那只血淋淋的耳朵和灵魂，看见了艺术的真相，看见了人生的极致，看见了拯救与超越的可能性……

正如由并没有真正理解梵高，他理解的只是梵高的疯狂一样，从迷幻中醒悟过来的由并没有看见什么见鬼的向日葵的海洋，呈现在他的视野里的，始终只是无边的苍茫。

由边着拖沓的脚步。

由感到自己已经不胜疲惫。

由在路边水洼里看见的是一个憔悴不堪的陌生的身影。

这是个阴沉得像夜晚的白天，由觉得自己又冷又累，他不得不在一株路边的樟树下驻足休息。一开始由还不失风度地靠坐在粗大的树根上，可过不一会儿，他已经摊手摊脚地被睡眠所俘获。

等由醒来的时候，天色变得愈加阴暗了，他看见面前站着一个盲眼老人，盲眼老人好像在端详着由，他敲了敲竹竿对由说：

"天气寒冷，年轻人，这里不是睡觉的地方。"

由睡眼惺忪地问道：

"大爷，现在是什么时候？"

盲眼老人自言自语似的说：

"夏天已经过去，秋天也已经过去了。"

说完，盲眼老人点着竹竿顾自朝东南方向走去。

由怔怔地站在樟树下，看着那个渐渐小去的身影，看着阴云密布的南方的天空，身上的寒冷终于过渡为心里的凄凉。由蓦然发觉，这么多年来自己居然已经完全丧失了感受季节的能力，这次一直向南的旅程从一开始就是一个错误。由几乎是刻骨铭心地想，城市是没有季节的地方，有的只是流逝的时间和吵闹的声音。由终于明白，照这么走下去，即使走到南极也是徒劳，根本就不可能看到什么向日葵。

现在已经是冬天了？由想，自己的旅程只能到此为止了，自己好像该回去了，真的该回去了。

由最后看了一眼阴沉沉的南方的天空，终于发出了一声漫长而又短暂的叹息。

当由背向南方转身往回走的一瞬间，他又一次想到了那个一直向北的女孩尤。

由不知道尤现在已经走到哪儿，不知道她是不是已经看见了北方的雪，闻到了雪的白色气息。由不知道自己还能不能赶上她追上她。

不过，好在女人的脚力毕竟是有限的。由一边迈步往回走，一边这样安慰自己……

寻找张炜

由于不必细说的或然性原因，我在龙口滞留了几天。老实说，我一向认为，"既来之则安之"这句格言，是我所知道的所有格言中最没有道理最没有说服力的一句格言，可这几天，我却不得不全盘信奉于它。白天，我要么上街走走，要么和服务台的山东姑娘聊聊天（山东姑娘一般都比较容易接近，而且嗓门一般都比较高亢），要么就到海边去。

我下榻的宾馆离海边不远，只要往西走两分钟，穿过一片人工种植的不高不矮的松树林，就到了海滩。

那一溜海滩的沙质挺好，完全可以和我在大连和青岛所见过的海滩相提并论。遗憾的是，由于旁边那条正在修建的海边公路，海滩被挤搡得很狭窄，作为一个海滨浴场，就显得很拮据很不透气。尤其是在涨潮的时候。我甚至越俎代庖似的替龙口人感到可惜。每一次去，海滩上总是人迹稀少。立秋早过了，海水已经挺凉，人们大概已经把游泳衣、游泳裤放进了抽屉或箱底，游泳已经成为记忆中的事或来年夏天的事了。即使到了黄昏，海滩上的人仍寥寥无几。

一开始，我真觉得有些奇怪，这么好的海滩，怎么没人来玩呢？

后来我知道，龙口的前身只是一个乡村集镇。几年以前，它才演变为半个城市，因为龙口市的政府所在地在四五十里之外的黄县。居住在龙口的大都是靠海吃海的渔民，也许就像山区的砍柴人不可能用登山的方式消磨自己的余暇，龙口人对海已经司空见惯，他们就不再到海边去进行散步或游览。而龙口是新近才发展的半个城市，外地旅游观光的人还很少莅临。原因可能是多方面的，细究则显得有些徒劳。反正海滩上通常人影稀少，有时甚至只有我一个人。一想到整个海边景致只归属我一个人，我真觉得有些奢侈，有些浪费，有些消受不了。龙口的海很平静，很少有兴风作浪的时候，龙口的海可能是我见过的海中最平静的海了。站在海滩上，可以看见很远的地方有一溜岛屿的影子。一开始我以为那就是大连了。问一个当地人，他说，这才哪儿到哪儿呀，他说那是长岛。关于龙口的海滩与海，我就想说这些。面对大海或者天空，我一贯喜欢缄默，现实生活中如此，写作的时候也一样。这一点，只能请读者原谅。

到了晚上，时间自然就更难挨。幸亏我在龙口新华书店意外地购买到了翁贝尔托·埃科的《玫瑰的名字》。夜幕降临，我就把自己关在房间里，躺床上一门心思地啃埃科的书。早就知道这是一部奇书，新潮作家孙甘露曾在一篇文章里对它推崇备至。果然是名不虚传，我一拿起它，就再也放不下了。《玫瑰的名字》是一部纯粹的学者型长篇小说，它融神学、符号学、迷宫建筑学、侦探学和文体学于一炉，博约精深，独树一帜。埃科本人是西方符号学文艺理论的权威，在小说的叙述过程中，他得心应手地大剂量地运用了符号学方面的学识。埃科同时又是神学和建筑学方面造诣颇深的教授，整部小说从头至尾恰到好处地渗透了对神学和建筑学的独到的见解，而侦探学的诸多高难技巧则构成了这部小说的基本框架。说真的，读这样的一部奇书不仅让人心驰神往，大开眼界，而且着实让人生畏，确切地说是令人敬畏。阅读过程中，也许会使人联想起阿根廷那个终身喜爱并热衷于老虎和迷宫的幻想文学大师，那个曾经担任过布宜诺斯艾利斯图书馆馆长的了不起的老头博尔赫斯（他无疑影响了一代人，而且将继续影响下去）。不过，《玫瑰的名字》绝不是博尔赫斯的那些短小精悍的关于迷宫的小说的扩大版，博尔赫斯的迷宫显然要简略抽象些，他更多地把注意力和笔墨伸向对迷宫的意象和氛围的渲染。而埃科则不同，埃科的迷宫庞杂而具体，完全是建筑学意义上的，你眼看着埃科一笔一划一砖一瓦地把迷宫建构起来并呈现在你面前，除了硬着头皮跟着他走进迷宫并等待指引，你别无选择。

　　我的阅读进行得空前地迅速，因为小说的魅力诱惑着我吸引着我，使得我想慢也慢不下来。这就像一个跑步或滑雪的人，由于特有的风力的作用，跑着跑着就飞了起来，从而进入一种不由自主的滑翔状态。不到两个晚上，我就把《玫瑰的名字》彻底啃了个精光。这部奇书的最后一句话（拉丁文）这样：Stat rosa pristina nomine, nomina nuda tenemus.（昔日的玫瑰存在于它的名字当中，我们有的只是这个名字。）

　　看完了意大利人埃科的书，我重新堕入那种无所事事的悬浮一样的状态。我历来没有把一本书看两遍的习惯（哪怕是一本极喜欢的书），这倒和我不愿意修改写好了的作品的习惯异曲同工相映成趣。我想这是没有办法的事。

　　百般无奈之中，我忽然想起了张炜。我不知道自己为什么没有早些想起张炜。既然到了龙口，为什么不去见见张炜呢，我这样对自己说。要知道，在山东的作家群中，张炜和莫言是我最喜欢的，矫健我也喜欢，我还喜欢稍晚的苗长水和一个叫尹世林的不怎么有名的人写的一篇小说《鬼谷》。

　　大约在三年以前，我偶然看到一则消息，说著名作家张炜去从政了，到故乡龙口市挂职当了个市委副书记。当时，我还真有些不以为然，或者说不甚理解，基于我通过作品对张炜的了解，我觉得张炜并不怎么适合去从政。我不知道张炜现在是不是仍在龙口，仍在当他的市委副书记。时间毕竟已过去了三年，三年内什么事情都是有可能发生的。可是，也不知怎么搞的，我有一个几乎是属于迷信范畴的偏执型预感，我觉得张炜仍在龙口！所以，当我想起了张炜，我就马上决定要去见见他。我想，只有这样，我才算不虚此行。而且，这几天难挨的时光也将变得充实起来。

通过对服务台小姐的询问和了解，我的预感得到了证实：张炜依然在龙口。依然在当他的市委副书记。我的询问，自然而然地引起了服务台小姐的惊讶式注意，她们睁大眼睛问我怎么会认识张炜的。在此之前，她们一直没有弄清我的确切身份，现在，我只好顺水推舟就坡下驴地把自己供认为作家，并说我非常了解张炜，早就想认识他云云。好在我这一次的行装还算不错，格子衬衫老板裤外加一双上海产的老板鞋，我的服饰和一个南方作家的形象基本符合。我还不失时机地向服务台小姐们透露，我最近在《作家》杂志上刚刚发了一篇小说。（我其实已经下意识地把这当成了拜访张炜这样一个著名作家的有效的敲门砖。）接下来我就用模棱两可的微笑阻挡了小姐们对我进一步追根究底的企图。因为我的真实身份只不过是一所矿业专科学校的物理学教师。

事不宜迟，我决定马上去找张炜，今天上午就去。明天就是星期天，星期一我将离开龙口返回南方。为了保险起见，我先到服务台向市政府打了个电话。接电话的是个嗓门挺粗的男人，他说张炜不在，十点钟之后有可能来市委开会。我问他张炜的家是不是在黄县，他说这我也不太清楚，他说你是谁，找张炜干啥，我说我是南方来的作家，很想见见张炜。那就十点钟之后来吧，电话里的人说。我说好的，谢谢。

大约十五分钟之后，我坐上了从龙口到黄县的公共汽车。

坐在车上，我注目了望着沿途的田野树木和村庄。这个季节，玉米已经灌浆成熟，地瓜的藤蔓则完全覆盖了泥土，路两边，挺立着一棵又一棵北方的白杨树。不过我并没有看到预想的红高粱，我只能借代无边的玉米地去想象莫言笔下那汪洋恣肆迎风摇荡的血一样的红高粱。也许莫言本人也并没有看见过血海般的红高粱，也许那迷人感人动人抓人的红高粱本来就只是莫言的天马行空似的想象的产物，就像那个透明的红萝卜。对山东这片土地。我一点也不感到陌生，反而有些似曾相识，在山东作家的诸多优秀作品中，我早已一次又一次地接近过它。山东这片土地不仅盛产玉米、花生、地瓜（还有红高粱？），而且也盛产作家。我发现，山东作家普遍地贴近和依附于土地，他们对土地都有一种相当质朴的热爱，他们总是像树和庄稼那样把自己植根于土地。（张炜之所以回到故乡龙口挂职当市委副书记，多半是为了继续亲近那片土地。）阅读他们的作品的时候，我们可以轻而易举地感觉到这一点，我们可以在字里行间清冽具象地闻到那么一股子纯正而饱满浓郁的泥土气息，还有庄稼的气息，树的气息，河流的气息。

而张炜无疑就是最具代表性的独特的优秀作家。

直到这时，我其实还没有正儿八经地考虑过应该怎么去见张炜呢，或者说，我还没想好见到张炜到底该说些什么。

想到这一点，我突然感到这次拜访不仅有些贸然，而且障碍重重。我觉得在我和张炜之间，至少耸立着两堵墙，一是他作为一个优秀作家的著名程度，二是他那政府官员的身份也就是市委副书记的头衔。我想我只能用我对张炜的作品的大量阅读和自以为是的把握为武器，去凿通这两堵墙，我觉得只能这样了。好在我对张炜（应该说张炜的小说）的喜爱货真价实绝无水分，而且，我一直认为自己是举国上下最喜欢张炜的人之一，我想，这算不上什么夸张。

我这人从来就不喜欢夸张，写作的时候如此，现实生活中也一样。另外呢，我手中还有一张牌，一块前面已经提到过的敲门砖，我确实在《作家》杂志8月号上发了一篇小说，叫《秋天的早晨》，到时候需要的话，我将把这告诉张炜，争取以同行的身份出现在张炜面前。有了这两者，我就踏实了一些，我想我就可以不必那么不自信了。

最早读到的张炜的作品，是1985年发表于《人民文学》的短篇小说《烟斗》，这个精致的小东西给我留下了极难忘的印象。那段时间，也是我这个理科大学毕业生真正介入文学特别是小说的时候，那时候，山东作家群在全国文坛上有着举足轻重的地位。后来，又相继阅读了张炜的《声音》《一潭清水》《海边的雪》以及《秋天的思索》和《秋天的愤怒》。那阵子，张炜的任何一篇小说都毫无疑问地成了我的必读之物。

我个人认为（在我有限的文学生涯里，我对那些评论文章基本采取敬而远之的态度），那一时期张炜的作品的决定性因素有这么两个：一是张炜独特的人格的魅力；二是张炜通过艰苦执着的大量的写作练习（据说张炜在正式发表作品之前已经写了一麻袋手稿）所形成的语言的干净细腻和手法的娴熟自如。张炜的人格中显然有纤细的纯洁如一潭清水的一面（主要的方面），阅读他的作品，我们不难感到他为了全身心地投注和倾向于美善真爱而背向和躲避恶，张炜每每通过作品使自己逃离恶的存在从而归鸟入巢一样投向恶的对立面。这一点，的确决定了张炜前期所有作品的内蕴/意义和风格。（我曾经在某一年《小说月报》或《文汇月刊》的封面上有幸一睹张炜的形象，它和我脑子中臆想的张炜一模一样，我觉得张炜应该是也一定是这么一个形象。）直到长篇小说《古船》的一下子出现，张炜才猛然地超越了自己，（在中篇小说《秋天的愤怒》中也许已经稍露端倪）张炜从具体狭义的人格（一开始是一种优势是魅力，久而久之，难免就会嬗变为羁绊和阻力）大踏步地走向了抽象普遍而又浩瀚的人性。在《古船》中，张炜一反对于恶的恐惧与逃离，为了捍卫和弘扬那"一潭清水"，张炜一往无前地无畏无情地和恶展开了面对面的搏斗和较量。张炜不再仅仅是纤细内向的了，张炜已经走向粗犷、走向峥嵘、走向深邃、走向辽阔，从而走向真正的大家气度。《古船》无可争议地成了新时期文学中最优秀的鸿篇巨制，它不仅是张炜的代表作，同时也是整个新时期文学的一座纪念碑……

从龙口到黄县的公共汽车大约行驶了一个小时，这段时间，刚好让我全面回顾并重新思考了张炜及其创作。汽车停在龙口市总工会门前，我下车的当儿，是夏时制上午九点三刻，一分不多，一分不少。

市委就在工会的东边，相距不远，我大约走了三四分钟的样子。市委大院不像我想象的那样气派，它的规模和格局都使人想起五六十年代。我向站在花坛边抽烟的一个汽车司机打听了一下之后，就直接来到了市委办公室。

办公室里坐着两个男人，一个是二十多岁的小青年，另一个大概已经四十出头。见我进去，两个人都站了起来，我一边说明来意一边马上把上衣口袋里的那包"金桥"香烟掏将出来，两个人连忙摆手，都说不会抽不会抽。

听声音，我知道眼前这个四十多岁的男人就是一个小时以前接我电话的人。他说真对不起，张炜今天没有来开会，而是下乡去了。他脸上挂着歉意，一边请我坐下，一边就拿了个瓷杯给我倒了杯水。我说没关系没关系，谢谢，谢谢。我问他张炜什么时候能回来，他说上午恐怕回不来了，下午有可能回来，旁边那个小青年说下午也够呛。接着，他们询问了一下我的情况，哪儿来的，到龙口干什么，什么时候走等等，我简单如实地做了回答。四十多岁的男人说那你就先住下吧，他转身对小青年说，小王，你到招待所打个招呼，安排一下。这回轮到我摆手了，我说不用麻烦不用麻烦，我说我还是第一次来龙口，我想先到街上转转，下午再回来看看。我问他们下午几点钟上班，他们说三点半，我说那好，我三点半之后来看看。他们说那也行那也行。临走前，我问他们龙口市文联在哪儿。文联？两个人相互看一眼，好像以前从来没听到过文联两个字。我解释说就是文艺联合会，四十多岁的男人说，哦，文艺联合会，好像……好像没听说过有这么个部门。这样吧，你到文化局去问一问。出门往西走，就在斜对面。我说哦哦，谢谢了，他说不用谢不用谢，那就回头见了。我说好的，好的，我下午再来。那个时候，我自然没料想到，我其实已经回不来了。

到了文化局，一个介于青年与中年之间的女同志告诉我，龙口市文联还没成立，你要是有什么创作上的问题，可以去找文学创作组的同志谈谈。我问她文学创作组在文化局吗？她说不，在博物馆。

根据这个女同志的指点，出了文化局，我沿街向西走去。这时候，大约是上午十点半。

其实，去不去文学创作组，对我来说无关紧要，在龙口，我只想见到张炜。我到文学创作组的主要目的，是想看看有没有《作家》8月号。情况是这样的，4月份我给《作家》寄了篇小说，7月里我接到《作家》主编宗仁发先生的一封信，信中说，我的小说刊于8月号。来龙口之前，我收到了《作家》杂志给我邮来的二百多元稿费，可直到现在，我还没有看到《作家》8月号。既然张炜下乡去了，我何不趁这段时间，到文学创作组去看看《作家》杂志呢。我想，作为一个市文学创作组，是应该有《作家》杂志的。这样的念头一旦萌发，心情竟变得有些迫切起来，走着走着，想马上见到《作家》的心情已经强烈得像第一次与情人约会似的了。我不知道别人是不是也有过这样的感觉。

在去博物馆的途中，我到龙口市新华书店转了转。里边的纯文学书籍少得可怜，和一个市所在地根本不相称。店里还兼卖杂志期刊，我没见到《作家》，别的文学刊物也几乎没有，都是些花里胡哨的杂志，与街头小摊上卖的玩意儿如出一辙。走出新华书店门口的时候，我手里已经拿着一本法国作家埃尔韦·巴赞的小说《毒蛇在握》。这是柳鸣九主编的那套法国20世纪文学丛书第二批书目中的一本，在这能买到这本书，我倒稍稍感到意外和侥幸。出了新华书店，我来到一个交叉路口，从这儿我开始朝北拐去。文化局的女同志说过，博物馆就在这条街上。

这里大概是条商业街，两旁都是装潢华丽的店铺门面，港台歌星的歌声此起彼伏，人流和车辆也相对拥挤。龙口市最大的百货商店就在这条街上。我发现，龙口的经济还是发展得挺不错的，并不亚于南方的一些城市。可是我透过眼前的繁荣景象却看到这个地方在文化上的贫瘠与荒凉，这种荒凉感甚至十分强烈。我突然觉得，张炜是挺孤独的，作家张炜在这座小城市里一定很孤独。

最近这几年，我已经很少看到张炜的作品了，这和他就任市委副书记倒不一定有什么因果关系。1985年以前的那批作家普遍有一种偃旗息鼓的倾向，像韩少功、李杭育、莫言、张承志、徐晓鹤、叶蔚、林矫健等一大批当时文坛上的骁将都变得沉默无声起来。活跃在当今文坛上的已是一批更年轻的后起之秀，新潮小说风靡一时。比较一下这两代作家（不一定确切），我觉得最大的不同也就是本质的差异是：对于土地以及土地上的耕作者的热爱已经被对于稿纸的热爱和语言的热爱所取代。1985年以前的作家们无不把自己植根于一方土地，而新潮作家显然已经飘浮起来远离土地，他们看到的不再是具体的庄稼，如玉米、红高粱。他们看到的只是抽象化的有意味的颜色，青黄或者褐黑。后起之秀们已经差不多从人本走向文本，他们也许在文体上在语言上在结构上有了新颖的开拓与长足的进展，可他们已经早已不像张炜那一代作家那样真挚、那样深沉、那样充满热爱了。这大概就是两代作家的最大区别。我想，有一点可以肯定，不管到什么时候，像张炜这样一个纤敏深沉内向孤独的作家，是不会停止对文学对心中的理想的追求的，我相信张炜不会的。而沉默完全可能是暂时现象。

到达博物馆的时候，已经是上午十一点半左右。

博物馆完全不像我预想的那样，我原以为可能得买一张门票才能进去。事实上，博物馆只是一个空馆。它的门楼和临街的围墙都在翻修，地上堆满了砖头水泥等建筑材料。我向一个正在干活的民工打听文学创作组在博物馆的什么地方，他说俺不知道。

我就跨过那些建筑材料，往下走了几级石阶，折进了右首那个院子。院子挺大的，但四周的房屋都门窗紧闭，也看不到一个工作人员。

院子的西南角有一条弄堂，向西通向博物馆内部。弄堂约莫二十来米深，两边都是石砌的高墙。走到弄堂尽头，我发现一扇半开半闭着的铁栅门，通向南边的一个院子。跨进铁栅门之前，我稍稍犹豫了那么一下，我相信一个人突然走进一座陌生的深宅大院时都会有类似的感觉。然而，那种寻找的意念与惯性已经主宰了我，使我轻易地打消了这种犹豫。

这个院子不大，比刚才那个院子要小得多，东面西面和南面都是房屋的墙壁，全都是石砌的。只有北边是一扇完全打开的高大木门，我顺势又穿过了这道木门。出现在我眼前的是两个一前一后被一堵花墙隔开的院子，花墙中间有一道圆门相通。两个院内都有很多房门，全门窗紧闭，天井里还放着几盆花草，可就是没看到有什么文学创作组。我从外边的院子走进里边的院子，来回走了两遍，我没发现别的出口和通道。里边院子的一个角落里倒站着两棵结满石榴的石榴树，可此时此刻我显然没有心思去琢磨什么石榴，尽管有些石榴已经显红了。我看了一眼手表，时间已经十二点差五分，况且，我的肚子也饿得咕咕叫了。于是，我就顺着原路开始往外走。

你也许已经猜到，那道铁栅门已经关闭！那道该死的铁栅门的的确确已经关闭，而且加了一把不容置疑的大铁锁。我在那一瞬间的感觉，你大概也不难猜到。那一瞬间，什么文学创作组，什么《作家》8月号，全一下子飞到了九霄云外。

这以后的事，你大概也已经猜到了。

一开始，我像一只误入樊笼的飞鸟一样到处寻找出口，寻找逾越困境的可能性。当然，笼子天衣无缝。我甚至觉得这个到处是石墙的博物馆的前身有可能是一座禁闭所或监狱，今天，它返璞归真，把我囚禁在里边了。

即使在万分焦躁的情况下，我也没忘记今天是周末。在周末，铁栅门完全有可能不再打开，直到下周的星期一早上。

我一度想扯开嗓门喊叫，可我却不知道应该喊些什么，因为喊叫总归也需要形式和内容。另外我觉得，在白天的庞杂噪音的覆盖之下，我的喊叫势必是瞎子点灯白费蜡。

最后，我只好坐在铁栅门旁边的石阶上，一边胡乱地翻看着巴赞的《毒蛇在握》，一边无可奈何地等待着属于我的未知结局……

树

街上的两排树要被砍掉了。过往的行人都发现了这一点。那天，我送女儿到幼儿园去，我看见这条街上出现了不少拿着斧头和锯子的人。

这条街上共有四排树，他们不是砍人行道上的那两排，他们砍的是快车道与慢车道之间的那两排。也就是街心岛上的那两排。

那些人先清理掉街心岛上的矮灌木，然后，就开始砍树。

爸爸，他们为什么要把树砍掉呀？

我估计可能是这些树有些影响交通。这些树虽然粗大，但不高，它们的枝叶常常刮着一些车的车顶和车帮。我估计与交通有关。但究竟是什么原因，我没有细想。

除了我女儿，好像也没有人去细究砍树的原因。来来往往的人谁也没停下脚步，似乎连回头多看一眼的人也没有。人们看上去都很忙，骑车的把车骑得很快，走路的脚步都很匆促很连贯。在这个时代里，在大街上，人们好像无暇顾及走路以外的事情。包括砍树。

没过多久，有几棵树已经被砍翻在地。

为了不至于阻碍交通，那些人把树都推倒在街心岛上。

那些人的手脚上看上去还挺麻利。

所谓砍树，无非是把垂直于地面的树变成平行于地面的树。

事情好像就这么简单。

我不知道这是一些什么树。这座不南不北的城市里净是这种树，南方的梧桐树和松树在这儿几乎见不到。可我一直没搞清这是一种什么树，我离开南方来到这儿，已经有十多年了，我刚来的时候，这些树还只有碗口粗，不知不觉的，它们已经粗大了许多。只是我一直不知道这是一些什么树。我从来就没有打听过。

现在，这些树正在被砍倒，但我依然不知道它们是些什么树。如果我想弄清这是一些什么树，这会倒是好机会，我只要问一问那些砍树的人就行了。

不知为什么我并没有真的去问。

我甚至没有闻到树脂的气味。

无论在我的经验中还是在我的想象中，砍树的时候，空气里总归应该飘逸着那么一种必然的气味的。树脂的气味曾经在我那遥远似梦的乡村少年生涯里萦回飘荡司空见惯，相比之下在我栖居已久但永远陌生的城市空间里，这种气味却是罕见的，非常稀有的。树脂的气味应该比早餐餐桌上的牛奶更纯正，应该比报纸电视里的新闻更新鲜。对我的心灵来说，这种气味早已变成一种超越感官的形而上的回忆的质地。这么多年来，我闻到的是一些杂七杂八的气味，是一些不想闻到却时刻闻到的混合气味，有那么一些时候，这些气味令人窒息，让人绝望。在更多的时候，这些气味是一种抽象化了的东西，一种类似于沮丧的东西，它笼罩着我的生活，直接成为现实的本质和表征。

正因为如此，此时此刻，我在主观上非常希望能够闻到树脂的气味，我甚至已经一遍又一遍地想象那种气味，差不多已经产生一种幻觉。可在客观上，我的鼻孔却并没有闻到一丝气息，我的嗅觉始终与我的想象无关。

这一点，多少有些出乎我的意料。

在我还只有十几岁的时候，我是一个乡村少年，我经常带着麻绳和砍刀，到山上去砍柴。说是砍柴，其实是砍树。我逃过看山人的耳目，用砍刀把远远超出我身高的树砍倒，树一旦被砍倒，总是显得比站着的时候更粗更长。我砍得最多的当然是松树，有时候，也偶尔砍倒枫树、杉树和别的一些树，但砍得最多的还是松树。我把树砍倒之后，就用砍刀斩去树枝，然后把它砍成很多截，藏在柴捆里背回家。我记得那些树都很沉很沉。沉得超过我此刻的想象。

每一次砍松树，我都能闻到一股浓郁强烈的气味，这种气味盖过了汗水的气味，盖过了乡村生活的清苦之味，弥漫在我的头发上衣服上，弥漫在早熟的心灵上。松树的茬口上会流溢出油脂一样的树汁，这些树汁粘在手上，用肥皂洗也洗不掉。我记得，一星期之后，我们班的班主任，那个爱干净的留着一根长辫子的女知青，还能闻到我头发上的松树气味。

当然，那种时候，我倒闻不到自己身上的残存的松树气味，我闻到的是另外一种气味，一种若无若有的女知青身上的气味，这种气味很淡很淡，但却使我早熟的心灵突然之间变得更加成熟。

在我以后的生活历程中，我再也没有闻到过女知青身上那种气味。我后来接触的女性身上都没有那种气味,包括我妻子身上也没有那种气味。恰如我来到这个不南不北的城市之后,再也没有闻到过松树的气味一样。

眼看着街上的树一棵一棵被砍倒,却没有闻到一丝气味,这还真是挺奇怪的事情。另外,我发现那些白生生的茬口上,并没有流淌出一滴树汁。

这些不知其名的树怎么会没有一点气味的呢?

有一忽儿,我甚至怀疑起了自己的嗅觉。

可后来我终于想到,这大概是因为天气太冷的缘故。

因为眼下依然还是冬天。

冬季里的这些树,光秃秃的,看上去就像儿童简笔画里的树,就像一些枯树。

如果是在春天或夏天,情况可能就完全不同了。这些树就会繁茂葱茏,浑身就将充满汁液,树汁的气味会漂浮在整条街道上,而它们的枝叶将会铺满街面,砍树工作就不可能进展得这般顺当。光清理枝叶就会成为一件令砍树者挠头的事情。

也许砍树者们早就想到了这一点,所以,在这些树枝繁叶茂之前,在它们的汁液像血一样流淌循环之前,他们就把它们砍倒了。

这样一想,我觉得这些树就像一个个站立睡眠的人,突然被砍下了正在做梦的头颅。

春天即将来临,但已经与这些树无关。

在饭桌上,我对妻子说,街上的那些树正在被砍掉。她却一边喝汤一边告诉我,下个世纪,人类的主要肉食将是鸵鸟肉。她说她从报纸上看到,美洲人家庭饲养鸵鸟已蔚然成风,鸵鸟的皮可做皮鞋，鸵鸟的肉比牛肉营养好，比猪肉的胆固醇少。一只成年鸵鸟剔除皮骨之后，有一百多磅净肉。我的脑子里还在想着那些被砍的树，就我所知，中国好像还没有鸵鸟。妻子一本正经地说，她姐姐从美国回来，她什么也不想要，就想让姐姐带回两只鸵鸟来，她说那样的话她就可以成为鸵鸟事业在中国的先驱者了。她说养鸵鸟前景不可限量，她一定可以赚很多钱，那样的话，她就可以永远离开那个臭气熏天的破化工厂了。我只好笑了笑说，真是，那准不错。我下意识地想，如果那些树不被砍掉，下个世纪，摸不准会有鸵鸟降落在它们的枝头上，一边筑巢，一边发出只有鸵鸟才会发出的鸣叫。

我不知道鸵鸟是不是也像别的鸟一样，喜欢上树，喜欢鸣叫。

砍树工作进展得可以说非常顺利。

人们的生活没有因为砍树而受到丝毫影响。

这条街上依然车水马龙，人们的走路姿势和节奏一如既往。街道两边的商店依然开门大吉。

在街边的一家饭店里，在鞭炮声中，在亲朋好友的簇拥下，一对新郎新娘如期走向他们的婚礼。

与别的一些仪式一样，婚礼总让人感到烦琐和虚张声势。我一向不喜欢婚礼的场面，对一个经过了多年坎坷的婚姻生涯的人来说，婚礼无异于一场闹剧，它的可笑的一面几乎是显而易见的。

对于眼前这一场与砍树同时进行着的婚礼，我自然尤其不敢苟同不能喜欢。

在一己的意识中，我已经把婚礼上的鞭炮声献祭给了那些正在被砍掉的树。

毫无疑问，我觉得那些树更需要这些鞭炮声。

也许是我小时候砍伐过太多的树，我莫名地觉得自己好像欠了树什么东西似的，我觉得自己与树之间似乎存在着一种不同寻常的关系或默契。

正因为如此，我眼看着这些树被砍倒，眼看着锯齿越来越深地锯进树心，心里依稀有一种挺不好受的感觉，这种感觉离忧伤可以说非常不远。

可在另一方面，我又并非不知道，我的这种情绪只不过是一种再平常不过的多愁善感，一种简陋的移情。甚至只是一种一钱不值的自作多情。

在日常生活中，我常常不得不承认自己是一个敏感的人，或者说，我知道自己是一个敏感的人。我知道这两者并不完全是一码事。我当然还知道，敏感不是什么有价值的东西，它往往有害无益。从某种程度上说，敏感就是无中生有，就是无病呻吟，就是没事找事，它甚至常常直接演变为脆弱。在日常生活中，敏感无疑是自我伤害的最好武器，它总是把一个人的生活搞得不像是生活。

就我个人的体会而言，敏感只可能与疾病有关，而且，这种疾病往往是难言的隐患或暗疴。毋庸置疑，过分的敏感中有浓厚的不可救药的宿命成分。

这么多年来，我已经悟到了这么一个道理，如果一个人仅仅意识到自己的敏感，他充其量只会是一个让医生不大高兴的病人，而一旦你想要描绘从而摆脱敏感，你就势必会成为一个使读者不知所云的作家。

在这个年代里，是做一个普通的病人好呢，还是去做一个无足轻重的作家好，这实在是一个很难搞清的问题。

而当你独自经过城市的某一条街道，这条街上的树正在一棵一棵被砍倒，这种时候，你又怎么能指望自己弄清什么问题呢？

随着垂直于地面的树越来越少，这条街道渐渐变得空荡起来。

这些忽然敞开的空间有些异样,有些难以适应。这些以树的消失为代价而诞生的空间,与我们习以为常的空间概念暂时还不可能是一回事,与其称之为空间,还不如命名为空洞。

也就是说,当树一棵一棵被砍掉之后,它们能够产生一种空洞,至少暂时是如此。

而芸芸众生中的一个人如果倒下,他不但不会腾出空间,反而可能要占据一块比站着时候还要大的空间。至于空洞,他不可能制造得出。

树和人的区别可能正在这儿。我想。

在砍树的这些日子里,我几乎每天要经过这条街,我要送女儿上幼儿园,我还要把她从幼儿园接回来。

我骑车的速度基本上和原来一样。

为了女儿和我自己的安全,我也没有特意盯着那些正在被砍掉的树看。

在砍树的日子里,除了接送女儿,我照旧要买菜做饭上课,我照旧要看书和抽烟,心里的烦恼没有因此而减少或增多,我的生活一点也没变,也不可能改变,一切都是老样子。

砍树这件事情丝毫也没有影响我的生活,就我所知,这件事情也没有影响别人的生活,谁的生活会被砍树所影响呢!砍树完全是一件游离于生活之外的事情,几乎不能算是什么事情。

不仅如此,在绝大多数时间里,砍树这件事情好像还游离于我的意识之外。我甚至不能肯定,这件不是事情的事情究竟有没有正儿八经地进入过我的意识中心。

可在另一方面,关于这个问题,我又不能不想到那个才气十足的帕诺夫斯基说过的一句话,他说:"大脑中除了感受之外别无他物,这也许是真实的,但同样真实的至少是,许多被感觉到的事情甚至根本没有进入大脑。"

如果我承认这句话有它的道理,那么,我似乎就不能否认,砍树这件事情多少还是有一些对我产生影响的可能性的。

至少,当我骑车经过那条街,看到那些被砍倒的树的时候,我的脑子里既没有妻子找不到更好的工作给我带来的无形烦恼,也没有因为幼儿园的冷面教师由于失恋而无故责骂女儿所带给我的愤懑,这些常常纠结不清的东西至少暂时地在我的大脑皮层中消失了隐去了。

在途经那条街道的短短的几分钟里,我的头脑里差不多只有那些出现在视野里的正在被砍掉的树。

砍树工作因为下大雨而不得不停顿了两天。今天,他们又开始接着砍了。

自从这条街上开始砍树,我发现自己路过这条街的次数好像是增多了。没有课的日子,我一般就待在家里,待得时间一长,难免就会感到闷得慌,所以,我常常骑车到街上去转转,偶尔也去看场不痛不痒的电影。本来我完全可以不经过这条街,到电影院去可以走更近的路线。可自从砍树之后,我会有意无意地多拐个弯,毫无必要地到这条街上绕一下。所以,我路过这条街的次数似乎是增多了。

从某个角度看,这也许说明我过的是一种相对闲散的生活,心里虽然总有这样那样的烦恼,可我常常又觉得自己有些无所事事。没有合同等着我签,没有酒宴等着我去赴席,也没有情人等我去约会,我真的有些无所事事,甚至有些空虚和无聊。在这个以四冲程摩托车的驶速在飞快发展的时代,我觉得自己已经像沉船一样落伍。我看见人们都忙碌得团团乱转,我自己却无所适从,不知道应该忙些什么是好。

等着我的，除了日常的形而下的烦恼，好像就是形而上的无根无基的孤独和惘然。

这些日子似乎稍微有些不同，当我路过这条街的时候，当我看到那些树正在一棵接一棵被砍倒的时候，我心里好像什么也没想，我会暂时地至少在某些瞬间忘记自己是一个惘然无措的落伍者，我甚至忘记了自己是一个异乡人。那一刻，我觉得自己什么也不是，只是一个看人砍树的人。

不过，砍树工作眼看就要接近尾声了。

我曾经有一个朋友，他比我年长十岁，他对我的生活产生过其意义只有我自己才能充分认识到的那么一种影响。后来，他离开了这座城市，离开了我的生活。我常常想他，即使在几年之后，我还常常把街边的某一个身影误认作他。而事实上，他早已生活在一座千里之外的城市里，那是一个我从未去过的城市。

当我茫然地在街上溜达，当我漫无目的地以一个飘零的异乡者的身份从一条街道走向另一条街道的时候，当我想起那个远方的朋友的时候，我常常就会不由自主地联想起史蒂夫·卡兹在《勒克莱尔和麦克卡佛内》中的那段话：

我认为这些想法并不是虚无缥缈……相反，我们都发现我们虽在不同的都市，但却在同一时间，相同的交通灯下驻足。绿灯一亮，我们都穿过街道……

可眼下，我觉得情况似乎稍微有些不太相同了，因为此时此刻我是走在一条正在砍树的街道上，而我那个朋友则不然，我估计他的那座城市里大概没人正在砍树吧。

谁知道呢。

我并没有看见这条街上的最后一棵树是怎样被砍倒的。

其实我也没有看见第一棵被砍倒的树。

我更没有想到的是，过了大礼拜的两天之后，我送女儿上幼儿园的时候，却看见这条街的两边街心岛上，又植上了间隔均匀的拐杖似的树苗。你也许已经猜到，这些树苗就是被砍掉的那种树的树苗。

这些树苗就栽在被砍掉的那些树在砍掉之前所处的位置上。

这可能是一个使我的小说在结尾时显得最不自然的事实。但它的确就是事实。

好在这一天我女儿并没问我什么。

小小说八题

褐黑的野兽

那是个遥远的夏天的傍晚。

没有月亮。

母亲挑着杉木水桶,到村东头的溪边去挑水。我紧跟在母亲后面,光着脚丫,穿着开裆裤,只有母亲肩上的水桶那么高。杉木水桶的气味又黑又凉若隐若现。母亲走得很快,我小跑着跟在母亲后面,连摇带晃,就像一只无魂的流浪的小狗。

天已经黑下来了,四周一片寂静,只有母亲的挑钩发出"叮啷""叮啷"的响声,清冷而又幽暗。我干脆拽住母亲的衣襟,一步不落地跟在母亲身后,看上去,就像母亲肩上的第三只水桶。

远处的田野里,弥漫着一股淡雾似的若有若无的地气,好像在上升,好像在下降。更远处的山峦轮廓模糊黯黑难辨。

溪边一个人也没有。

母亲走下埠头的时候，看见了溪滩对面的那只野兽。

我站在岸上，也看到了那只野兽。那是一只小牛那么大的褐黑的野兽，昂着头静立在对面的昏暗的浅滩里。它的背后是一片黑黝黝的柳树林。

母亲朝溪边走两步，那野兽往对面退两步；母亲犹豫着倒回几步，那野兽就朝这边趟几步。母亲站着不动，它也站住不动。

母亲和那只野兽对峙着，相持着。

溪滩很宽，可我却觉得很窄，溪水泛着幽光哗哗地流淌。

我看见那野兽的两只眼睛，像两块烧红的炭火。溪水在哗哗流淌，那野兽岿然不动，自始至终昂着头。我不由自主地叫了一声妈，我觉得我不是因为害怕才叫的，至少不完全是这样。

母亲没有答应，母亲好像没有听见我的叫喊。也许我只不过是在心里叫了那么一声。

母亲急匆匆地舀了水，跌跌撞撞走上岸，拉起我的手就离开了埠头。母亲疾步如飞，我撒开脚丫没命似的跑，跑着跑着，我已经脚不点地身轻如燕，因为母亲差不多把我整个儿提溜了起来。这样一来，我就真的成了母亲肩上的第三只水桶。一路上，母亲挑着的那担水，不住地泼洒出来，把我的衣服全溅湿了。

回到家，我才发现自己的一只手里捏着一块石头，一块带棱角的石头……

到泰山去

一直想到泰山去。泰山不是太近，也不是太远。

常听人说起登泰山的事。都说到泰山去，最好是在夏天，夜里登山，慢慢地拾阶而上，第二天早上刚好看泰山日出，泰山的日出无比的壮观……听着听着，到泰山去的念头就滋滋地萌发生长，如花开放。

暑假快到的时候，总是铁了心要去。暑假过完之后，才知道只有等明年再说了。

泰山是一座真正的山，雄伟的北方的山。想象中它绝不同于南方的山，那是另外一种山，另外一种感觉。泰山有南天门有石敢当的传说，还有辉煌无比的日出……我觉得无论如何应该去一趟泰山。不去泰山，是一个无法弥补的缺憾。

我把这个想法告诉别人，别人和我持相同的见解。很多人就去了泰山，回来都说泰山不愧是泰山！

是啊，泰山是中国的五大名山之一，念小学时就知道了。这么多年来，我一直想到泰山去，在梦里去了好多次……

一晃就是这么多年，像白驹过隙。我参加了工作，再也没有暑假这一说了，彻底没了！白天黑夜，我总有很多事情要做，总感觉到忙，忙得经常搞不清到底忙了些什么。

我的孩子已经上初中了。

孩子说他暑假要到泰山去，他说老师和同学都要去。我说挺好挺好，应该到泰山去一次。

儿子就问我去没去过泰山，我说泰山是咱们国家的五大名山之一。儿子问我泰山好玩吗，我说爬山的时候得当心点，要和同学们在一起，要听老师的话。

儿子回来后，兴高采烈地说泰山很有意思，真的很有意思。

我笑着说是呀，是呀，泰山是很有意思……

博尔赫斯的形成或者诞生

终于，这个孩子来到湖边。

在这之前和那之后，很多人来到过湖边，从不同的角度体验并且把握了湖边的深远的意境。关于湖的形式和内容，有过众说纷纭的描述和思考。

但这个孩子是独一无二的。前无古人，后无来者。

那是暧昧的黄昏，当然也可能是朦胧的清晨。鸟儿在无声地飞翔。

小孩独自站在岸上，湖的四周氤氲着水草芦苇和树木。没有花，小孩并不觉得奇怪，小孩感到似是而非的倒是那些葱郁的树木的年龄。

整个天地都是静。

静，是构成任何意境的必要条件。

鸟儿飞着飞着，就看不见了。空中恍惚还留着它们飞行的痕迹。

后来就起雾了，而且有风。风是忽紧忽慢的，雾便忽浓忽淡。

小孩的心里漫漶起空蒙缥缈的感觉，微微有些发冷。小孩情不自禁地握了握手中的鹅卵石。

幽凉的湖面平滑如镜。小孩能看见的，仅仅是镜子的一部分，脚下的那一部分。有一瞬间小孩觉得湖是流动的，流得极快，快得看不见其流动。

小孩瘦薄的躯体被湖的深远空旷和永恒笼罩着，垄断着。

小孩一边缓缓地摆弄着手心里的鹅卵石，一边想象湖水里游动飘弋的鱼。鹅卵石温暖而又光滑。湖底的鱼儿在游弋。

莫名地，小孩觉得湖里应该有一条独具一格的鱼，一条静顿的鱼，一条和他一样一动不动地站着的鱼。

他觉得应该有这样一条鱼，一动也不动地站在湖底某处，和他对峙着，孤独地响应着。

那条鱼和自己有唯一的默契和神秘的隽永的交流。小孩这样想着，便觉得自己也是一条鱼，一条站在岸上的鱼。

小孩渐渐地滋生了那种只有鱼离开水才可能有的窒息感。

小孩有些讨厌这种感觉。

于是，小孩摊开了手掌，他看见了那枚鹅卵石，鹅卵石像一只温暖安详的小鸟，躺在他的手心里。他仿佛听见微微的依稀的啼叫。

他听见了小鸟的微妙的啼叫，一种奇异的痒痒的感觉在手心里漾动。

他缓缓地缓缓地扬起手臂，一直把胳膊扬到脑后，绷紧躯体，奋力地甩了一下。

风突然停止了，天地一下子暗淡莫辨。

他屏息倾听，倾听鹅卵石落进湖面的声响。

那一刹那，一切都飘逝消失了，只剩下了自己，——连自己也消失了，只留下一双倾听的耳朵。

他倾听着，倾听着那记声响，鹅卵石击破湖面惊动鱼群的声响。

他用耳朵听，用眼睛听，甚至身上的每一个毛孔都在听，整个生命仿佛具象成一个巨大的综合的听觉器官。

空间消散着，混沌成一片，时间像落叶一样缥缈。

他倾听着那记声响。

时间一分一秒地枯萎，他好像听见了那记声响，好像又没听见。

他意识到自己可能陷进了暧昧的幻觉的泥沼，自己可能压根儿没听见什么声响。

他想，难道那鹅卵石真的变成了一只鸟，真的飞向了空中而不是落进了湖里？

他觉得不可思议，继续倾听着那记声响。他觉得自己无论如何应该听到那记石头击水的声音的。

时间缓慢地重又流动起来，而且越流越快，空间重新冒出柔软的三维的芽。他仍没听见那记声响。

他就那样倾听了很久很久，但他依然还是没听见那记声响……

许多年之后，每逢特定的黄昏和恰当的黎明，他总是情不自禁地不可自拔地倾听那记声响，一直那么倾听着。

一辈子快过去了，他已经是个辉煌的老头，他的名字的光芒足以照亮他的每一个漫长的消逝的黑夜。他的眼睛开始大幅度地模糊变瞎，太阳和烛火之光对他来说已经大同小异、模棱两可。他的耳朵也快聋了，隆隆的雷声已经不再存在。但他依然能看见那个永远的湖，依然用明亮如星的心灵倾听着那记声响，那记遥远的洞穿了他的一生的虚幻如铁的声响……

办公室里的我

坐在办公室的藤椅里。

双手摊开一张隔天的报纸，稳稳当当地擎在眼皮底下。

双脚无所事事，不愿待在地板上，就慵懒缓慢地探索起椅脚和横档。

我以为4只椅脚之间，应该有4根横档，框成一个矩形，这是常见的比较规范的情形。我的右脚搁在地上，左脚在前面两只椅脚之间摸索了一下，竟没有碰到什么横档。

我搁下左脚，让右脚去探索右侧两只椅脚之间的横档，踩了几脚都是空的。紧接着，左脚在左侧也遇到了相同的命运。

我颇有些诧异，和藤椅相依为命了这么长时间，居然没有注意椅脚横档的构造。我始料不及。

但我并不气馁，我猜想着另外一种构造。我的双脚同时从前面两只椅脚之间掏进去抠进去，摸索试探了一阵，果然不出所料，横档是那种交叉型的。

我为双脚自个儿独立自主自力更生地搞清了这个问题而感到愉快，甚至略微有些得意。

然而，问题并没有真正解决，或者说存在着新的问题。

当我的双脚心安理得、大大咧咧地搁上交叉的横档时，就形成了内八字的紧张状态，这样，双脚就得不到预想的适意感和休憩感。反而感到别扭难受。

我的双脚不甘心待在地板上。要知道，刚才那么努力地探索椅脚横档的内在动机，正是双脚不愿老搁在地板上。

现在横档搞清楚了，可双脚一搁上去马上就感到不如意。

这个新出现的问题，这个没法解决的矛盾，把我搞得很懊丧。

我不由自主地叹了一口气，干脆就放下了手中的报纸，"咯吱吱"地调整了一下坐在藤椅上的姿势。

我用右手掌托住脸腮，头脑里预见了一个很悠闲、很如意的姿态，右手肘就随着上身的倾斜往右边的椅臂撑下去。

——就这样，我的身体失去了平衡，重心像一颗鸡蛋似的掉碎在地板上。根本就来不及反应，我和椅子已经同归于尽生死与共似的摔倒在水泥地板上。

耳朵里听到一阵"嘎嘎"的哄笑，我心里窝火极了！

我艰难曲折地从地板上爬起来，并拾起那副滚在一边的眼镜，还好，镜片没碎，镜腿也没有伤筋动骨。只是我的臀部和肋外侧有一股难忍的由于碰撞和挤压而产生的难言的疼痛。

我把幸免于难的眼镜架上完好无损的鼻梁，愤怒之极地瞪着那把可怜兮兮仰面朝天的藤椅。

我发现藤椅压根儿就没有右椅臂……

鲶鱼的故事

周六那天，张买了一条一斤半重的鲶鱼。他用玻璃纸绳穿好，兴致勃勃地拎到了女朋友玲家。

玲的父亲退休在家，嗜好钓鱼，见张拎了这么一条修长的鲶鱼来，脸上放出少有的光彩。

玲一边往水池里放水，一边很惊讶的样子。张把鲶鱼养在水池里，鲶鱼立刻如梦初醒似的摇头摆尾起来。

张看着游动的鲶鱼，看着玲脸庞上浮现的天真神情，心里感到充实极了。

鲶鱼遍体淡黄，附缀几滴醒目的墨黑，躯体的摆动相当优美，头上的两根触须出类拔萃。鲶鱼游弋了一阵，便一动不动地静顿在池底。

张拿起一根细竹枝，没轻没重地拂扰着鲶鱼的光滑浪畅的脊背，鲶鱼无动于衷，还是静立着。张就用细竹枝的尖端去触鲶鱼的小米似的眼睛，小米眼睛居然一眨也不眨。张觉得这鬼鲶鱼故意和他唱对台戏，故意违拗他，心里便有些愤愤然。玲看着一动不动的鲶鱼，让张别去骚扰它。

张就洗了手，陪玲的父亲下象棋去了。

玲依然在白色瓷砖砌成的小池边待了一会，默默地出神地观看着鲶鱼。鲶鱼一会儿悄无声息地伏在池底，一会儿轻盈地摆着尾巴游起来，浑然不知死期将近。玲很想给鲶鱼喂几颗饭粒，可不知为什么又放弃了这个念头。

做中饭的时间到了，玲的父亲决定烧一次鲶鱼炖豆腐。张自告奋勇地走到水池边，准备洗鱼。

张挽上衣袖，蹾着劲儿慢慢把手伸进水底，一下子就钳住鲶鱼的鳃口处，轻而易举地把鲶鱼逮了上来。

玲的父亲把剪刀递给张，张却把剪刀撂在了池沿。他把鱼扔进盆里，然后左手按住鱼头，右手拇指和食指死死地抠进鳃口，只那么用力一撕，鲶鱼的白皙饱满的肚皮就翻了过来，五脏六腑历历在目，直冒热腥气，嫣红的血紧跟着迸涌而出。鲶鱼一直挣扎着，并没有马上失去生命力，张的胳膊上溅了不少血。

这一招徒手杀鲶鱼，张小时候就会，现在总算派上了用场。张觉得挺痛快。

整个杀鱼过程里，玲脸色发白，一句话也没说。

鲶鱼炖豆腐很好吃，鱼汤浓酽雪白，张和玲的父亲都吃得津津有味额头冒汗。但玲却几乎没有把筷子伸进鱼碗……

之后，张约了玲好几次，玲都没有出来。

诗人朋友

十年以前，我的诗人朋友有一天傍晚忽然跑到我家，兴冲冲地告诉我，他要结婚了。我看见他穿着一双时髦的高筒皮靴，可右靴的脚后跟却掉了，因此他走路的样子有些一拐一拐，我几乎要笑出声，心里想，他在爱情的道路上一定跋涉得很辛苦。

可我没有想到的是，诗人朋友的婚姻之路更加泥泞和坎坷。三年前，他离婚了。

他再见到我的时候，并没有与我谈他的婚姻，他只是有些颓唐地告诉我，他不想写什么诗了。他说，他也不想在那个混账机关干下去了，他想到大兴安岭去，去做一个护林员。

当然，诗人朋友后来并没有跑到遥远的大兴安岭去，而是跑到一个朋友办的广告公司，写广告词去了。

他写的广告词，很快就在这个城市里流行了起来，比如：

王子矿泉水

不渴也他妈想喝

再比如：

男宝胶囊

女人喜欢

有一次我在街上见到他，都有些不敢认了，浑身名牌，说话的声音不像是从嗓子眼里而像是从胸腔里发出来的。他身边照例站着一位漂亮的小姐，从他介绍她的神情来看，仿佛她是他刚刚从哪儿摘来的一枝带露的玫瑰。

小姐礼节性地向我点点头，自始至终没说话，她只是让自己像花一样开放着。她身上的香水味，差一点让我过敏。

这以后，诗人朋友当然还采摘了许多别的花卉。写广告词与摘花，构成了他那个时期的全部生活。

有一回我们在一起喝酒，我提起他曾经写过的一句诗歌："家家门前都晾晒着爱情。"他听了只是无谓地摇了摇头，眼睛直愣愣地盯着酒杯，哂笑着说，唉，那都已经是上个世纪的事情了，这年头，哪还有什么爱情。

诗人朋友后来得了那种风靡世界却很难治愈的病。我到医院看他。我一边空洞地安慰他，一边取出几本诗集，让他想开点，难熬的时候就看看诗歌。

他接过诗集之后，苦笑了一下，只对我说了这样一句话：

昨天晚上，我梦见自己骑着牛背回到了故乡。

蝴　蝶

我记得清清楚楚，那是个六月的夜晚。校园里到处盛开着白兰花，仿佛栖息着无数白色的鸽子。

和所有的夜晚一样，那天教室里也是灯光明亮，一片宁静。我们都在晚自习。

一只硕大的带白色斑点的蝴蝶，于忽然之间飞了进来。

一个戴眼镜的率先"嘘"了一声，很多人抬起头，都看见了那只蝴蝶。

蝴蝶感觉到了处境的难堪，邅遽地拍扇着褐色翅膀，全然不顾翩翩的优雅了。

有人发出呼声。很多人发出了呼声。

蝴蝶敏感感到危险,不住地东奔西逃。

蝴蝶飞到哪儿,哪儿就发出呼声,就伸出很多恫吓的手臂。

蝴蝶失魂落魄,拼命地飞来飞去,一下又一下撞在日光灯管上和窗玻璃上。

只有一扇窗户是开启着的,我们都发现了这一点,蝴蝶却像没有发现这唯一的逃命之途。在人们的驱赶下,蝴蝶晕头转向,接二连三地撞向透明的窗玻璃。蝴蝶怎么也飞不出去。

窗玻璃"叮叮"地响。

呼叫哄闹此起彼伏。

蝴蝶怎么也飞不出去。终于,它从窗玻璃上坠落下来了。一个长着斗鸡眼的人扑住了它。

经过很长时间,教室里才重归平静。

斗鸡眼花了整整一个晚上,把褐色的带白斑点的蝴蝶制成了标本,夹进一本《草叶集》里。

有人就走到黑板前,用绿粉笔写了一句戏言——

文坛奇闻:庄子研究惠特曼

这是很多年以前的事了,我记得清清楚楚,那是个白兰花盛开的六月的夜晚。

那时候,人们都还很年轻啊!

今晚,窗外没有白兰花,这个不南不北的永远陌生的小城市没有白兰花。我不知道为什么突然想起了那只蝴蝶。

我真的不知道。

海滩上的小女孩

　　阳光亮灿灿地照着。

　　海滩上白花花的，空旷，寂静。辽远无际的海面看不见一片帆影。

　　你独个儿坐在海滩上，只有"哗哗"的浪花陪伴着你，浪花好像在喁哝，好像在独白，又好像在幽咽。你不明白浪花到底在干什么，但你觉得浪花是你的唯一的伙伴，那些几步开外的浪花。

　　你的圆脸，被太阳光晒成了一枚紫黑的葡萄，或者龙眼。

　　你坐在沙滩上，身边放着一只小篮，篮子里什么也没有，除去一双小小的布鞋。

　　你总舍不得穿那双半新的带扣的布鞋。

　　你不住地捧起一把把沙子，把自己的赤脚掩埋起来，一直埋到脚踝，埋到膝盖，然后，又一下子抽出来。你的脚是那么小，比那双布鞋还小。你看着自己的小脚丫，就觉得父亲的脚板真是伟大。沙子被太阳晒得很烫，但你的脚一点也不怕烫。

　　眼看着自己的双脚埋没在沙堆里，你觉得挺惬意。

　　偶尔吹来一阵风，你就闻到了一股浓郁的腥香，你觉得父亲身上老有这种气味，自己身上也有。你知道住在这个岛上的人都有这种挺好闻的气味。

　　你抬起头，让风把自己的头发扬起来，你的眼睛就一眨一眨地盯着碧蓝蓝的海面。海面是那么辽阔那么旷远！你看不见一片帆影。

　　你知道父亲就在这无边的辽阔的海面上，但你却什么也看不见……

　　吃过父亲为你安排的午饭，你就离开村子，来到这片海滩。你一直坐在沙土里，你不知道自己坐了有多久。

你没有听父亲的话，你不愿待在村子里。

自从母亲走后，你总觉得村子里空落落的，你不愿一个人待在家里。

看了一会海，你就从篮子里拿出那双布鞋。你把布带扣扣上，又把它解开，然后又扣上。你摸弄着它，端详着它，你就想起了母亲。你知道这双布鞋是母亲亲手做的，你觉得这双布鞋是天底下最宝贵的东西，再大的海螺，再漂亮的贝壳，也没有这双布鞋宝贵。

有时候，你看着看着就想哭，真的想哭。你今天没有哭，但还是想起了母亲。

你不知道母亲到底到哪儿去了。

天是那么空旷，海是那么辽远，你不知道母亲到哪里去了。

听着"哗哗"的浪花声，你感到很寂寞，很孤独，很伤心。你很想马上就见到父亲。

那些浪花就在几步开外，永远那么进着，退着，"哗哗"地响着。浪花好像永远没有悲伤和疲倦的时候……

太阳慢慢地下坠了，你感到很瞌睡。你睁着沉重的眼皮，努力地盯着海面，海面已经黯淡下来，晦明起来，却仍然看不见那一片熟悉的帆影。

你感到自己的眼睛很累，整个人都很累。沙滩暖暖温温的，你闭上了眼睛。

你迷迷糊糊地睡着了，你感到那"哗哗"声越来越响越来越近，好像在向你走来。

渐渐的，你感到自己轻盈起来漂浮起来荡漾起来，而且有些冷。

你梦见自己成了一条鱼，悠悠乎乎就游进了海里，而且越游越深越游越远。你觉得海底挺闷，也挺黑。

但你还是不由自主地游着滑着，好像被什么推着拥着，你真想喊起来叫起来,但你听不见自己的声音。

　　最后,你梦见了父亲。你梦见父亲急匆匆地撒下网,撒下一张天空那么大的网,把自己从海底打了上来……

模糊的邂逅

题记：他正在寻找的这种花，名叫明日黄花。

1

当时，我几乎逛遍了所有的大商店，除了一身臭汗，仍两手空空。弄得我既疲惫又窝火。

偌大一个城市，居然就买不到一双黑白相间的足球袜，简直不可思议。我真想掴什么东西一个耳光，掴它个山响，但我找不到恰当的应手的玩意，我总不能无缘无故地去打行人中的某一张脸，我也不愿去打路边的电线柱子或者梧桐树干，除非我是个疯子。

阳光实在是灿烂，空泛的街道好像沸漾着滚烫而又寡淡的液体，零零碎碎的懒洋洋的行人却像缺水的快被烫死的鱼虾，谁都能逮去炖了吃似的。

街道两边的梧桐树幼小得叫人绝望，稀稀拉拉投下一点可怜的树荫还遮不住树身，我只能哀其不幸哀己不幸，此外，一点辙都没有。我来到这个不南不北的城市已经好几个年头了，当初，我原以为不久之后这些梧桐树就会粗大起来繁茂起来，现在看来，这是一种自欺欺人的麻木乐观，是一种空想。这个城市的梧桐树八成是患了侏儒症！要是在南方，到处都生长着高大茂密的梧桐树，把街道遮蔽成一条条阴凉的走廊。我不由得又怀念起那座著名的美丽的南方城市，我曾在那儿读书，在那儿生活。这种怀念无疑是伤感兮兮的！然而，我自己心里明白，这种伤感并不存在什么具体的现实的力度，这么些年头说过去就过去了，诸如此类的伤感，已经不可能触动和摇晃我的心灵了。这种伤感有些像小学生做作业，写错了一个字，用橡皮稀里糊涂一擦就了事了一样。

　　我就这样一边幻想着阴凉的走廊，一边硬着头皮承受肆无忌惮的炽烈的阳光，一点辙都没有。谁让我在这么热的日子买什么见鬼的足球袜子，还非要黑白相间的条纹？

　　裤兜里揣着十元钱，我不断地伸进手去摸它，把它捏弄成卷，手心里的汗几乎濡湿了它。我越来越讨厌这张黏糊糊的叫钞票的东西，我希望它马上变成双袜子，一双黑白相间的长筒足球袜。我一直想买这样一双袜子，我打定主意要买到它，我觉得这并不是什么非分之想，没有什么过头的地方。我是一个足球爱好者，我从大学里就喜欢踢足球，我现在需要这样一双足球袜，我没有理由随随便便便放弃这种需要，事情就这么简单。我知道我和自己较上了劲，我经常性地和自己较上劲，结果往往是陷入进退维谷的尴尬境地。我不知道自己为什么要这样。

　　人就是这么一种喜欢和自己较上劲的玩意儿。说起来，人也只能跟自己较较劲，跟自己较劲虽然不是滋味，可毕竟不会出什么大事。跟别人较劲就不行，哪怕跟自己的情人或者老婆较劲也不行。不信你就试试。

我已经走遍了解放路那几家主要的商店，虽然气馁透顶，却并不甘心就此罢休。我迈着拖沓的脚步，不让自己停下来。我就这样摸弄着那张黏糊糊的越来越讨厌的钞票，漫无目的然而又是不屈不挠地在赤裸裸的太阳光下继续逛荡，头脑里不断地出现足球袜的黑白相间的条纹。有一会，我还想起了斑马，非洲的斑马。

我突然发现自己非常喜欢斑马，我觉得斑马身上的黑白条纹简直是神奇而又美妙，我开始为自己没有见过真正的非洲斑马而感到遗憾，我希望有一天能见到真正的斑马，并且用手轻轻地缓慢地抚摸一下斑马身上的黑白相间的美妙条纹，我被这个想法弄得很激动，为自己竟会突然涌现出这么一股子柔情而感到奇怪。

我不知道斑马身上的奇妙的条纹究竟是怎么形成的，是白色背景上的黑杠杠还是黑色背景上的白杠杠，我不知道这两者之间到底有没有区别⋯⋯

2

我不知不觉走到了解放路和南极路的交叉口。我倏忽想起对面的南极路路口处有一个门面朝西的杂货商店，那里面有时候也卖鞋袜。我觉得有必要走过去看看。

我的双脚跨下人行道的同时，对面的红灯闪了两下也可能是三下便换成了绿灯，但我堂而皇之地走在人行道的斑马线上，压根儿不理什么红灯绿灯。那时刚好是正午，交叉路口几乎没有车辆通过，红灯绿灯的变换便显得多余，甚至有些滑稽可笑。我看见南边的斜对面的岗亭里只露出一个歪斜的白色大盖帽，我知道那是警察同志在打盹，心里暗暗有些高兴，我想象警察这时候面对着空荡荡的路口肯定怪无聊怪寂寞的。我真希望路口在任何时候都这么炎热这么空旷，那样的话，警察就不可能耀武扬威得像个严肃呆板的标本了。

那样的话，世界也会太平得多轻松得多。

我知道自己对警察对红绿灯很反感。每次经过交叉路口，心里都厌恶得不行。而且，这种厌恶是由来已久根深蒂固的。我有时候觉得这不太好，几乎有些反动，但我怎么也克服不了这种反动，简直是不可救药。

我趾高气扬地走在斑马线上，有点雄赳赳气昂昂的味道。我控制着脚步的大小，每一步跨过两根白道，每一脚都踏在白道的中间，我觉得这样做挺有意义。让我感到美中不足的是这样粗糊的白道道组成的人行道不应该随随便便地叫斑马线，斑马线应该是黑白相间的，黑白相间的才配叫斑马线。这是显而易见的。斑马身上的条纹多有美感啊，我好像在心里替斑马打抱不平似的。

南极路路口圆弧形的围栏尽头，有一个西瓜摊，再过去二三十米就是我想去看看的杂货店，店的名字好像叫做南极路南北杂货综合商店兼批发营业部。

这么热的天气，西瓜摊比较引人注目这是一件自然而然的事。我停下脚步，瞅了瞅三轮车上的西瓜，又捏了捏裤袋里的钞票，我感到自己的喉结不可抑制地滚动了两下。这时候，我发现卖西瓜的是一个胡子拉碴的中年汉子，长得有些凶，那对凸眼好像时刻在瞪着什么。他居高临下地端坐在三轮车车座上，两腿骑着一车毫无新鲜感的让人不瞧正好一瞧就失望的西瓜，手里捏一把足有日本皇军的指挥刀一样长的剖瓜刀，不时闪出尖刻的反光。那汉子脸上的表情就和他腿下的西瓜一样让人提不起劲来，我感到他无精打采的神情和他天生的凶相之间有一种强烈的矛盾。他过一会就神经质地挥摇一阵剖瓜刀，仿佛他手上拿的是一把赶苍蝇的扇子。

挥动的刀使我有些发怵，我想象着这把刀除了剖杀西瓜之外的其他的可能用途，我又一次对刀的概念产生了冰凉灼热的虚幻的感觉。我甚至下意识地觉得，这个满脸倦意的汉子操着那家伙不仅可以杀西瓜而且也能杀点其他什么，我觉得这里面有一种可怕的必然的趋势。

那汉子好像看穿了我的自以为是的阴暗想法。他不耐烦地瞟了我一眼，随即手起刀落，把案板上的一块西瓜皮斩成两半，有一半直蹦到我的脚尖，把我吓得猛一哆嗦。我惊慌失措地看了那汉子一眼，确切地说那只能算半眼，拔脚就走。我想如果再不走开的话我身上的皮肉就会和他操着的那把刀的刀刃发生内在的契应和联系了。

开始我还回头看看，后来就不敢了。因为那汉子一直凸眼瞪着我，手上还紧紧地操着那把长长的可怕的劳什子，我只好拘束着脊背，踉跄而逃。我想象我的脊背正被那汉子的凶恶目光击穿击烂，恰如孔明用来借箭的稻草人儿。

当我觉得自己已经离那汉子的愤怒的目光足够遥远的时候，才偷偷地回头瞥了一眼，那汉子好像无事似的又在挥摇那把指挥刀了。我如释重负，感到刚才纯粹是虚惊一场，我觉得自己有时候真挺可笑。

就在我抬头朝杂货店走去的那一瞬间，我看见一个熟悉的异样的身影一下子消失在十几米远的杂货店门口。

我的心倏地悸叫了一声，脑子里一片恍惚，阳光嗡嗡直响。我觉得在这里遇见他是根本不可能的，除非是活见鬼。

3

我两眼发直，在正午的剧烈的阳光下足足蜡了五秒钟。

紧接着，我就像惊险片里的外国侦探一样朝杂货店扑去。进门的时候，差一点和一张陌生的面孔撞个鼻子对鼻子。

杂货店里很暗，这种光明和黑暗的迅疾的交替变换，叫人无法适应，仿佛掉进了陷阱。我的圆睁的眼睛红疼绿痛，什么也看不清。

而我那幸免于难的鼻子却一进门就闻到了一股腐蚀性气味，一股只有杂货店才有的类似于橡胶烧化的阴险的气味。

等我的眼睛适应了阴暗，我的鼻子适应了那股独特气味，我发现杂货店里空无一人。连成直角的两间店铺里到处都是乱七八糟的杂货，像拥挤不堪的废地窖。柜台里坐着几个无动于衷半死不活的售货员，脸上都毫无表情麻木不仁，像几件待售的杂货。他们好像故意似的，连看也不看我一眼。

我从外面这间房子走到里面那间房子，来回穿梭了好几遍，连影子也没有看见一个。我隐约记得这个杂货店的楼上也营业，我就绕过一些轮胎，又从横七竖八的永远卖不出去的桌椅中间艰难地挤过去，沿着墙角那道狭窄破败的木制楼梯爬了上去。

楼上更加黑暗更加拥挤，更像一座多年未启的混乱不堪的旧仓库，散发着更加浓郁的不可抵挡的霉味。一束光柱从天花板直射到楼梯口，刚好穿过一张极完整的蜘蛛网。楼板吱呀吱呀直叫唤。几节柜台都落了厚厚一层灰尘，柜台里压根儿没有售货员。我下意识地觉得自己误入了不明不白的是非之地，我真没想到这座城市里竟掩没着这等残破颓败的荒凉景象。

我一分钟也不敢多逗留，忐忑不安地溜下楼梯。楼梯口伸出的一只椅脚差一点把我绊个狗吃屎。

等我的身体侥幸地建立起平衡，我本能地抬头看了看柜台里的售货员，这时，我才注意到那是两女一男，年轻一点的女人和那个年纪不详的男的在交头接耳，好像在谈论什么诡秘的事情。那个老一些的女人，眼皮有些浮肿，忽然意味深长地斜了我一眼，把我搞得仓皇不已。

我赶紧低着头做贼似的走到门口，站在那块光明和黑暗接壤的地方，我才觉得踏实了一些、安全了一些，我长长地吁了一口气。

我呆呆地站着，像一个失去操纵的木偶，不知道何去何从。外面的阳光灿烂耀眼，如火如荼，店内空间拥挤嘈杂阴暗，我完全处在了一种无根的悬浮的感觉里。我的意识渐次紊乱大幅度坍溃，躯体里好像有什么东西在流失。我无法否定自己正在白日做梦。

我刚才明明清晰无误地看见那个熟悉的背影消失在门口，就像一条青鱼摇了一下尾巴翻身潜没在河里一样。我相信自己的视觉还不至于不可靠到无中生有的地步。我相信自己几分钟以前的的确确看见了大学同学黄令辉。

哪怕在一万个背影中我也能轻而易举地分辨出黄令辉的背影，不用吹灰之力就能指出来，我坚信这一点。这么多年来，我从没看见过和黄令辉一模一样的独具一格的背影，连类似的也没有见到过。

难道世界上真有隐身术不成？难道黄令辉把自己藏在轮胎桌椅铁锅拖把铅筒的高岗下洼的货堆里了？《被溶解的鱼》。我不由自主地想起了那篇超现实主义的作品的名字，我忘记了自己有没有读过这本书，我甚至想不起来这本书的作者是谁了。

有那么一会，我怀疑黄令辉是在跟我玩捉迷藏的游戏。但我又马上否定了这种猜想，我觉得这种可能性是不存在的，黄令辉怎么会老大远的从千里之外跑到这儿来跟我玩什么捉迷藏的游戏呢！这么酷热难当的鬼天气，谁也不会有兴致玩什么游戏的！

我下意识地在杂货店的各个角落里瞅了几眼，我知道自己的举动既徒劳又可笑。与此同时，我准确无误地感觉到柜台里那三个人都好奇地看着我，那目光八成像看一只动物园里四脚朝天的笨狗熊。

我陷进了黑白颠倒难以自拔的境地，我不知道何去何从，完全被这一切给搞糊涂了。柜台里那几个鸟男女却交头接耳，神色暧昧，他们说不定正在幸灾乐祸，窃窃嬉笑。我的心里不可遏止地燃烧起一股无可奈何的愤怒！

我明明看到黄令辉熟稔的生动的背影从这门口走进去，我还看到那右手掌刚好往外翻了一下，这是黄令辉最具特点的个人动作，绝对错不了！怎么一转眼就没影儿了呢！我又气又急，又想笑又想哭，我真想破口大骂。却又不知道骂谁是好。

我竭力让自己冷静些，耐下心来回顾刚才这段转瞬即逝的时间里的每一个细节。我觉得从我看见那个身影在门口消失到我饿虎下山似的扑进门口，撑死只有几秒钟的时间，这么短暂的一会最多只够一只老鼠从门口逃窜进店里的某个老鼠洞。我还想起进门的时候差一点撞上的那个人，那人最多只有一米六五，跟我差不多高，所以我差一点和他鼻子碰鼻子，当时我本能地回过头瞥了那人一眼，那人耷拉着脑袋，蔫不拉叽的，手臂也压根儿不晃荡，他不是我看见的那个身影，这就像秃子头上的虱子，明摆着的。况且，那个背影的消失和我差一点撞上耷拉脑袋的人几乎发生在同一时刻，那个背影足有一米七五的个头，黄令辉就是一米七五的个头，他没有这样的个头就不会当我们系足球队的守门员了。

我颠来倒去回想了好几遍，怎么也找不着一点有希望的破绽或漏洞，找不到自圆其说的任何蛛丝马迹。越想越疑窦重重，越想越觉得大有问题。

关键是我扑进门口的时候，店里空空荡荡压根儿没人，连个影子也没有。这简直太不可思议，太折磨人了。哪怕看见一个瘸子或者一个疯子，我也能心安一些好受一些。

我的头脑里漂浮着一团烟雾一样的东西，我的意识混乱如麻，连本能也变得模棱两可岌岌可危起来。再加上柜台里那几个售货员鬼鬼祟祟心怀鬼胎的样子，我怀疑自己碰到了一个阴谋，身不由己地滑进了某一个精心策划的诡计里……

4

走出杂货店，那白花花的阳光使我感到一阵强烈的眩晕。街道树木商店行人都显得有些异样有些陌生有些难以置信。

我不知道应该往哪儿走，不知道自己想干什么应该干什么。我挪着没轻没重的机械拖沓的脚步，整个人像一条随波逐流的翻白的枯萎的大头鱼。

头脑里一遍遍地闪现出黄令辉的形象，黄令辉的形象又衍化出勾引出另外一些往事。然而，黄令辉的形象却始终是模糊的，甚至是残缺的，除了他的滑稽性格除了他在足球场上的尖声喊叫还有走路时那细长的胳膊总是一下一下往外翻的特点之外，再也想不起其他什么来了。而那些往事则显得更加隐约难辨，像石头似的沉在水里想浮却浮不起来。我突然觉得过去的岁月确实已经相当遥远渺茫了，这么多年来，我几乎没有回想往事，没有忆起过往日的那么些曾经是活生生的人。有时候，我恍惚觉得自己是一个没有过去没有历史也没有未来的悬空的人，就像一条失去了源头的河流一样，流到哪儿算哪儿。刚才的遭遇虽然激起了我回忆的欲望和可能性，但一切都是那么令人疑惑百思不得其解，所以，又自然而然地阻碍着隔阂着那开始松动却已经板结了这么多年的往事的回忆。那个背影的出现和消失，像是在我的脑海里投放了一颗烟雾弹，让我既看不见遥远的过去，也看不见眼前的现实。

经过那个西瓜摊的时候，我才发觉自己是在往回走，我平淡地漠然地看了那汉子一眼，对那把长长的发亮的剖瓜刀，我已经不痛不痒几乎没有什么感觉了。

连绵不断大同小异的商店，一个接一个从我身边滑过。我看着自己映在玻璃橱窗上的似是而非的模糊的形象，好像在看一个与我无关的陌生者，一个我的非我的异己的我。我诚惶诚恐地体会到自我意识是一种很脆弱的东西，随时都有土崩瓦解的危险。我觉得那个模糊的映象很孤独无援，可有可无，很可怜。我担心它的倏忽消失，橱窗一中断，它就不可挽回地消失了。我的映象的存在，取决于不同形式和内容的橱窗的存在，那么我的存在又取决于什么呢？我假如不存在了，可那些橱窗依然会存在下去，橱窗的存在绝不会以我的存在而存在，对这些大大小小的橱窗来说，我的存在倒是无所谓的呢！我看着自己映在玻璃橱窗上的疲惫的形象，胡思乱想的就是这么些不着边际的东西。

我大概来到了一个五金交化商店门口，玻璃橱窗里陈列着电视机收录机和自行车等大大小小形形色色的各种样品。我看到那两辆自行车是永久牌的，永久牌自行车那时可是紧俏商品，紧俏得只可能高高地陈列在橱窗里。据说陈列在橱窗里的商品并不是真刀真枪动真格的，而是假的，诸如塑料的泡沫的。另外，这年头假冒商品多得很，所以，我眼前的这两辆永久牌自行车就有可能是假冒商品，我觉得这么去想挺有意思。不过，透过玻璃我看见这两辆车油光锃亮，金属质感极强，不可能是假的，也就是说不可能是塑料的更不可能是泡沫的。想到这儿，我又开始担心起这两辆永久牌自行车以及其他那些惹人眼目的商品的安全，永久牌自行车能日日夜夜几乎是"永久"地陈列在仅仅是一敲就碎的玻璃橱窗里而安然无恙简直让我奇怪和不解。也许，这正是城市文明的具体表现？我真是这么想的，我不知道自己的想法对不对，是不是牛头不对马嘴，我不愿为这个问题多费心机，反正我不需要自行车，我觉得一个人只要有一辆自行车就足够了。我那辆长征牌自行车此时此刻正停放在邮局旁边，虽然我很长时间没想起它，它却肯定一直在等待着我。

想起我的长征牌自行车，我就沿着屋檐投下的那溜阴影往前移动。我的双脚移动得很缓慢，那溜细长的阴影好像有一种凝滞作用，好像在挽留我。走了没几步，我就发现自己的形象明晰地投影在一架18寸黑白电视机的灰白荧光屏上，电视机是熊猫牌的。我开始调整自己的姿势和位置，让那个形象大小恰当刚好处在电视屏幕的正中间，我觉得自己很像一个电视播音员。我咧了咧嘴，电视播音员也咧了咧嘴，我探头向里注视，他也正对我注视，我感到很开心，我呵呵地乐了，他也很开心，乐得直呵呵。

要不是电视屏幕上又冒出一个探头探脑的角色，把我吓一跳，我准会继续待下去、玩下去。

我惊讶地回过头，发现一个干巴老头几乎紧贴在我的背后，猴着身朝橱窗里张望，那目光七分猎奇三分贪婪。我怒火中烧，极厌恶地瞪了他一眼，那张瘦筋筋的脸马上挣扎出阴阳怪气的尴尬来。

干巴老头悻悻地朝我刚才来的方向磨磨蹭蹭地走去，我也掉头离开了那个橱窗。

我回头的时候，干巴老头也刚好回头张望，那神情既怯懦又狡诈，我恨不得跑回去批他一个嘴巴。

我感到怨愤而又窝火。我觉得自己中了邪，肯定中了邪，一切都是因为那个倒霉的背影黄令辉，我真希望自己压根儿没到过什么混账南极路杂货商店！我觉得自己成了一个让人怜悯的失败者，心里甚至涌起一股狗急想跳墙的悲惨感觉。

此时此刻，我多么想一把把黄令辉从这个城市里揪出来，狠狠地揍他一顿，然后，也让他揍我一顿。我觉得只有这样，自己才可能得救。

走出去很远了，我又回了一次头，我看见干巴老头也停下脚步要回过头来，我慌忙转回身，我怕看见干巴老头回头看见我在回头，我下意识地加快了脚步……

5

现在，我来到了迎春食品商店。迎春食品商店是这座小城市最大的食品商店。商店门口有一架喷淋式冷饮机，透明的有机玻璃壳内正喷沸着一种棕褐色的欢快液体。这时候我觉得喉咙异常干燥，渴的感觉一下子抓住了我、垄断了我，我的肌体乃至我的精神意识极需要用面前这种冰凉的液体浸润一下。我下意识地摸了摸口袋，我又一次感受到那张钞票的黏乎乎的存在。

我向冷饮机旁的老太婆要一杯冷饮，老太婆好像极不情愿似的把一个灰白莫辨的塑料杯放到了开关龙头下面，然后把手按在揿压式开关上，往下压的时候，仿佛借用了整个身体的重量。几个动作一气呵成，除了老练之外，还有一种无缘无故的不耐烦情绪，好像我要白喝她的冷饮似的。但是，她把冒着气泡的冷饮递给我的时候脸上却表现出讨好的、近于献媚的意思。

我还没琢磨透导致老太婆古怪举动的原因，一股冰凉的东西已经通过喉咙窜进肚腹，接着，牙根就毫不含糊地开始疼起来。我本能地嘶哈着口腔，以驱除这种冰凉的灼痛。

类于麻木的疼痛在唇齿之间慢慢消失的同时，我的舌头很快地感触到一种莫名其妙的古怪滋味，一种比老太婆的举动还要古怪的滋味，我无法想象这些被称为冷饮的棕褐色液体居然会是这么一种滋味。我的肚腹随即作出一系列抑止的逆反的仿佛喝了沼泽地里的臭水一样的反应。

"滴滴香浓意犹未尽。"我情不自禁地想起了那句关于麦氏咖啡的电视广告，我相信自己正逐步进入这句广告词所描述的那种微妙而又具体的境界。我一边默诵着意犹未尽，一边就稀里糊涂地迈开了双脚。

我走了大概有四五步，就听到背后的一声呼叫：

"喂！小青年，你还没给钱呢！"

我本能地回转身，我知道自己的脸色一定很不好看。冷饮的恶毒滋味加上这一声抓贼似的嘶哑的喊叫不由我不怒火中烧，更何况老太婆的牛粪干似的脸上毫不掩饰地表现着一股子胜券在握洋洋得意的敌意的神情，我有些把握不了自己了。

"哧！你这玩意还要钱，我还没向你要医药费呢！"

"哟哟哟！喝了我的冷饮不给钱，光天化日下要无赖！哎！哎哎！大家伙评评理，哎……"

老太婆拉开架势准备撒泼，许多猎奇探胜的目光正像一张网似的罩住我。我知道闹下去肯定没有好结果，我知道我的脸肯定红了，便慌忙掏出裤袋里的钞票扔了过去：

"嚷什么嚷什么，给你钱行了吧？！"

"呀，十块哪，找不开找不开，小青年你这不是存心刁难吗？小青年你……"

"我就这十块钱！"

我声嘶力竭色厉内荏地大喊了一句，我的表情肯定歇斯底里得像个疯子。老太婆竟一下子老实起来，一边嘟哝，一边哆哆嗦嗦地把钱找给了我。我狠狠地瞪了她一眼，接过了那一大把零钱。我知道肯定还有几个人意犹未尽地在后面瞧着我，等待不可能出现的戏剧性高潮。我不想看见那些菟丝子似的目光，就干脆迈上石阶，从老太婆旁边侧身而过，走进了迎春食品商店。背后传来老太婆叽叽喳喳的说话声，好像在陈述案情，又好像在忆苦思甜大会上作精彩报告。

我暗暗地骂了句什么，我自己也不知道骂什么。骂完之后，我就觉得刚才实在是太窝囊了，简直窝囊透顶！

我心猿意马地绕着柜台瞎走，琳琅满目的食品一遍又一遍地唤醒了我口腔里的那股子古怪恶劣的滋味。我觉得这杯冷饮喝得太窝囊了！人要是倒霉起来，喝凉水也会塞牙缝，这简直是颠扑不破的真理！

我忽然意识到自己还不如和老太婆闹起来，痛痛快快地闹一番，根本没必要妥协，没必要乖乖地给她钱。我的脑子里蹦出一个可以说绝妙的恶作剧，我刚才应该镇静自如落落大方地扬着手中的十块钱，请那老狐狸婆喝杯冷饮，不，让她连喝五杯，让她一杯接一杯地把那狗屁冷饮喝下去。她喝，我掏钱，喝得她肚皮发胀连声告饶为止。我越想越觉得刚才应该这么办，我后悔自己的慌张无措，我恨自己面对这样的事情和场合总是沉不住气，我后悔极了。

如果是黄令辉，如果让他碰到刚才那种事情，我敢担保他准会像我想的那么去做，没准还能用更绝的法子治一治那可恶的老太婆。我觉得黄令辉这小子肯定会的。

想到黄令辉我重新萌生了那种难言的煎心的感觉，我觉得自己的膀胱里有一股小便失禁似的触电似的压迫感。我真希望黄令辉这浑小子能一下子在我眼前冒出来，就像一只鸭子一下子从水底浮上来那样。

我越发觉得今天的一切都太蹊跷了，太捉弄人了。也许黄令辉此时此刻正待在这座城市的某一个角落里，也许黄令辉真的是存心在捉弄我折磨我，在这个不可捉摸的年代，什么样的事情都是有可能发生的。

当然，也可能一切都是胡思乱想，那个背影有可能只是我的幻觉。当一个人疲惫不堪的时候，何况是在那么剧烈的正午的阳光下，是很容易产生幻觉的。

我不知道哪一种猜测更有根据更有必然性，我不知道除此之外，是不是还有其他可能性。

口腔里的那股古怪滋味几乎是有增无减，滞留不去，不断地烦扰着我迫害着我。也许是心理作用，我感到腹部隐隐作痛。

6

我知道肚子疼多半是心理作用，而触发这种心理作用的无疑就是弥留在嘴里的那股子难言的可恶的味道。这是心理和生理的复杂关系中的最简单的相辅相成关系。在大学里的时候，我曾经爱好过一阵子心理学，后来，又不知不觉自然而然地丧失了这种兴趣。相对来说，我更喜欢琢磨动物的心理，比如狗的心理，牛的心理，关在铁笼里的老虎和山林中的老虎的心理异同，鸽子的心理和秃鹫的心理的横向比较和历史追溯等等。我觉得动物们的心理原始单纯而又牢靠，是生命本能的最充分的表现最真实的律动。我坚信，在心理学领域，只要把人也看成一种动物去研究，我们的理论将会变得很纯洁，我们的实践也会变得更有效。

我心里明白，只要想办法清除掉嘴里的这股味道，肚子的疼痛就会迎刃而解。于是，我毅然决定买点什么吃吃。这一招叫以毒攻毒，或者叫血债要用血来还。我觉得自己能这么想还挺幽默。

我摸了摸裤袋里的那团钞票，便胸有成竹地沿着柜台走了起来。目的一明确，整个人就觉得振作起来轻松起来。我一边走一边思考，以便选购最佳食品。我的目光专注而又执着地停留在柜台内和橱窗里的各种食品上，竭力地故意为之地回避着柜台里的售货员，我觉得自己能这么做说明精神已经清醒起来了。我一向认为，人和人的目光一旦粘接在一起，肯定不会有好结果。都说眼睛是心灵的窗户，不知从什么时候起，我觉得自己的那两扇窗户里好像隐含着枪口或牙齿之类的东西。如果有可能，我希望自己的窗口总是关闭密封的，这样的话，麻烦就会少得多，对自己的眼睛我既自卑又自豪，有时候我真不知道怎么办是好。

色彩各样装潢不一的各种食品点心从我的目光下滑过去又接上来，给我的感觉是虽然形式各异但内容却好像差不多，好像这么多东西只形成了统一的概念。正当我迷惘起来的时候，我的眼睛一亮，一下子物色好了将要用我裤袋里的那团钞票中的一部分去换取的东西——姜片。

几乎在看见铁箱里的白色散装姜片的同时，我就突然决定买它了。

买姜片的现实的直接的外在动机：姜片在甜味的白色外表下蕴含一种刺激性味道，这是由生姜的本质决定的。俗话说得好，姜还是老的辣。姜片这种不言而喻人所共知的刺激性本质刚好用来克服或者说铲除我嘴里的古怪滋味。两种滋味相遇相克，势必形成龙虎斗的局面，最后的结果无疑是中和反应同归于尽乌拉呜呼，而我就可以坐收渔翁之利了。

买姜片的历史的间接的内在动机：我一直有一个想买到姜片尝尝姜片的美好愿望。姜片可以说是中药范畴内的东西，而且慈禧太后喜食姜片，小艾曾斩钉截铁地告诉我慈禧太后健康长寿的一大原因就是嗜好姜片，当然是嫩姜片。小艾还说她也喜欢吃姜片，在所有的零食中最喜欢姜片。只可惜我一直没有看见过出售的姜片，小艾也就没能够吃到我给她买的姜片。

现在我完全明白看见姜片的一刹那在心里产生的那种惊喜了，我觉得这么凑巧地让我碰上姜片是整个倒霉的下午中唯一的幸运，简直是一种巧合一种天赐。我和小艾已经分手很长时间了，我们的分手和当初认识一样容易，我不知道小艾现在是不是已经在海南扎下了根。说起来也许难以相信，分手之后，我几乎没怎么想起小艾，而她是我碰到的唯一一个不讨厌也不畏惧反而说喜欢我的眼睛的人。到今天，我甚至想不起来和小艾接吻是什么滋味了，我的头脑里好像只剩下她那壮实的臀部的记忆了。我们也许曾经爱得死去活来，但我却想不起来小艾的头发有多长，到底是披肩发还是马尾巴了。也许这只能归结于时空的作用，面对着流逝不停的时间，人总显得无奈显得心有余而力不足。我不知道小艾是不是已经在海南扎根开花结果，我不知道她是不是还那么任性那么犟，那么可爱可恨，那么喜爱诗歌，但我知道她也肯定不会想起我来了，和我忘了她一样忘了我。也许我们就像两个匆匆分开的曾经重叠在一起的过去的影子，两个毫不相干的影子。

现在我看着姜片，就像看到了小艾。我忽然滋生出一种朦朦胧胧的类似于遗憾的东西，我想如果当初我努力一点，是能够给小艾买到一包白色姜片的。不过，现在的小艾也许已经不那么喜欢姜片了，我甚至拿不准小艾当时是不是真的喜欢吃姜片，也许只是开开玩笑而已，在某种意义上，一个人对另一个人来说永远是个谜。想到这儿，那股古怪别扭的滋味好像不光萦绕在我的口腔里舌根上，而且已经渗透漫漶到肺腑里心底里了。

我觉得当务之急不是回想往事，而是买姜片，是对付那股不要脸的混蛋滋味。我气愤似的抓出那团钞票，向一个穿着白褂子的中年妇女要了半斤姜片。

让我感到意料之外的是，那个中年妇女的态度又热情又亲切，面带微笑，还向我点了点头。我估摸她正遇上什么喜事，也许是刚刚中了彩票。我眼看着她从一本旧杂志上撕下来一张纸，认认真真地把半斤姜片包扎起来。其实我买来就要吃，根本没必要包得那么好，但我没吱声，我怕惹出什么枝节来，弄跑那一脸千载难逢的微笑。我任那中年白褂子把姜片一本正经地包裹成一个粽子形的圆锥体。

接过那个圆锥体，我转身离开了柜台，走到了商店东头的侧门门口。我几乎是急不可耐地拆开了纸包，随即拈起一块姜片塞进嘴里。立刻，我感觉到了一股甜辣的味道。两种势不两立的味道开始在我的舌头上摆开战场厮杀起来。我感到很开心，感到如愿以偿，我一边把姜片送进嘴里，一边就渐渐地进入了欢乐的境界，进入了那种鹬蚌相争渔翁得利的幸福之中。为了尽快结束战斗并赢得胜利，我接二连三地把姜片塞进口腔，姜片的味道越来越生动具体，越来越泼辣热烈，一会儿就几乎霸占了我残存的味觉。

我没想到那股古怪滋味这么不堪一击这么容易就被消灭了。现在，我的口腔里已经只剩下了姜片的辣味。

但我仍继续不停地把姜片送进嘴里。我觉得吃姜片这个举动的性质正渐次改变，我已经把吃姜片当成了吃零食，而且吃个不停，不能自已。我有个老毛病，我一吃零食就像失去控制的机器一样停不下来。比如嗑瓜子，我先捡大粒的饱满的嗑，一直嗑下去，到后来就嗑那些小粒的干瘪的，不把整包瓜子嗑光，我的手和嘴就停不下来。一开始是品味和享受，嗑着嗑着就变成了一种机械操作状态，变成一种没有终止似的强迫性流程，就像一辆被惯性作用着的车，想停却停不下来一样。

不过，姜片和瓜子还是有些区别，就像围墙和栅栏有所不同。当我吃了大半包姜片之后，我就充分彻底地认识到姜确实是一种辣的东西，辣得几乎抵挡不住。我一遍又一遍地想起"姜还是老的辣"这句俗话，我觉得这句俗话可靠得像一条公理。我开始感到浑身燥热，舌尖开始蜷缩麻木。再吃将下去，连内脏也恐怕要燃烧起来了。

就在我捏着小半包姜片吃也不是扔又不是，不知道如何处置的时候，两个小学生模样的女孩穿过街道，朝迎春食品商店的侧门走来。

我灵机一动，向外迈出一步，举着姜片对那两个小女孩说：

"哎，这包姜……姜片……我……给你们俩吃吧。"

两个女孩好像吓了一跳，瞪着圆杏似的眼睛，脸上的表情仿佛是遭到了一个乞丐或者疯子的袭击，两个人手抓着手，直往后退。

我一下子感到了自己的失态，好像做了什么见不得人的勾当似的。我赶忙把姜片放进自己的口袋，尽可能显得没事似的说：

"不……没关系，你们进去吧，我不是……"

两个女孩一边继续瞪着我，一边侧身移腿，几乎是跑进了商店。随即，从里边传出咯咯咯的欢笑声，还夹杂着童稚的频率很高的说话声。

我呆呆地站在那儿，不知干什么是好。心里涌起一阵一阵的荒诞感和失落感，我几乎有些不知所措。我都干了些什么呀。

门外，依然是阳光灿烂，白花花的一片。有那么一会，我的脑子处在一种近于眩晕的空白的虚无的状态，时间仿佛凝止了，耳畔依稀有嗡嗡的回声。

胯部的那一块粗糙硬实的接触，使我重新意识到那包姜片的存在。我迅速地掏出姜片，想都没想，就把它扔在了地上。

纸包落在门檐投下的锯齿形阴影外面一尺远的地方，我只要迈三步就能踩到它。

那纸包的形状像花一样开放了几秒钟，最后就定格不动了。我发现那纸包的形状真像一只鹞子。

7

就像小时候把被狗咬死的自己家的小鸡捡回来一样，我把那只鹞子——那张纸从火辣辣的太阳光里捡了回来。反正我不想马上离开门口的阴影走进外面的阳光的赤裸裸的世界里去，在阴影里待了这么久，无形中有了一种惰性，好像我已经缺乏了应有的勇气，好像逗留在门口是没有办法的办法。

我挺有耐心似的把纸摊开抹平，我决心把这张纸重新叠成一只鹞子。小时候我曾经和一个美好的女孩学习过叠鹞子的方法。遗憾的是叠鹞子的愿望并没有能成为现实。尽管我一遍又一遍地横折竖叠，费尽九牛二虎之力，那只幻想中的鹞子依然在幻想中展翅。我除了把摊平的纸重新弄皱之外，一无所获。最后，我只好懊恼地悻悻地放弃了越来越模糊的鹞子的幻想。

我浮躁不堪地又一次把纸抹平，不用看我也知道这张纸是某本杂志里的某一页。说句心里话，我一向讨厌杂志这类哗宠取宠的玩意儿。听说由于物价上涨纸张紧张,有很多杂志都受到了冲击,面临淘汰的危险。然而,我敢担保,任何人都不会为众多杂志的这种必然的悲催的命运而忧心忡忡。在这个年代,死人的事情也变得不足为奇了,只要死的不是自己,更何况这些不痛不痒的杂志。在我的日常生活里,杂志这种东西完全和卫生纸平起平坐同等地位。除了《足球世界》《体育画报——中外名鸽》(增刊)之类的偶尔还翻一翻看一看之外,我平时从来也不看什么杂志。我最讨厌《××青年》这种泛滥成灾的东西,我真希望它们全部被淘汰掉。我敢断定,我手里捏着的这张纸,就有可能是《××青年》里的一页。我真希望它不是。我情不自禁地回想起前两天看的那本关于鸽子的杂志,封面是两只纯洁的白色的鸽子,那鸽子的面容现在想起来真是不胜亲切动人。我大约还记得起那本可爱的杂志的一些目录:

  鸽的血统
  信鸽王国——荷兰
  防治信鸽的致死之敌——沙门氏杆菌
  当今中国优秀竞翔鸽眼对比大图
  飞得最快的鸽子
  "孙悟空"——香港的神鸽
  获得五万美元奖金的鸽子
  拉劳毛系 500 号——"中长跑"好手
  美国的库拉伊斯拉——种鸽代表鸽
  荷兰养鸽家:文努曼
  每分钟飞 1347 米——世界纪录
  南通顾尔阶——美国军鸽纯系培养秘诀
  日本信鸽选手的段位
  名鸽的墓冢

中国信鸽的放飞

我尽可能地让目录全在脑子里过了一遍,还竭力回想了一番杂志的内容,我津津有味,几乎有些忘乎所以。恍惚之间,好像真有一群纯白的鸽子在我的头顶翩翩飞过,发出悠长回荡的鸽哨。我本能地抬起头,我看见的是白花花的刺目的天空,然后低下头,我看见我的手里还捏着那张讨厌的纸片。

到现在为止,我不知道纸片上的内容到底是什么,我决定看一看。虽然有些无可奈何,有些不情愿似的,但握着纸的手还是抬了起来。

这张纸的页码是 65 页和 66 页。65 页以及 66 页的上半页显然是一篇关于男青年遗精梦遗滑泄睡眠打球跑步体育活动的科普文章的后半部分,看不见标题,标题大概在 64 页上。66 页的下半页是两则广告,一则是横版的,一则是竖版的。

横版广告是:

JZ——I 型记忆力增进发音矫正器。

(广告文略,插图略)

竖版广告是:

A 型多功能卧式健美健身器。

(广告文略,无插图)

接着,我就看见了生产这两种无与伦比的产品的厂家的地址:

浙江省永嘉县上塘东南。

8

我几乎是毫不犹豫地走出迎春食品商店侧门的阴影，来到了阳光依然灿烂的街道上。

谁也不会相信我又朝南北杂货商店走去。事实上，我真是毅然决然地这么做了。

从迎春食品商店的侧门拐出来，我没有去买我的黑白相间的足球袜，也不是往存放自行车的东边不远处的邮局走，而是坚定不移地向西边的南极路方向走去。

我是在看见那两个广告下的署名的一刹那决定这么做的。

说来也许没人相信，黄令辉不偏不倚刚好是浙江省永嘉县人！当我一眼瞥见那个无巧不成书无风不起浪的地名时，我简直就像听到了一声清晰无误的呼唤，这声呼唤先是来自遥远的南方，来自过去的岁月，旋即又来自南北杂货店，来自今天正午，与此同时，迎春食品商店的构造即那扇侧门也提醒了我。我恍然大悟，当时匆匆离开南北杂货商店是一个几乎无法弥补的疏忽和失误，我搞不清当时自己怎么会那么恍恍惚惚。

我坚信我现在正处在整个下午最清醒最振奋的时刻，精神状态焕然一新，一扫迷糊和恍惚，心里充满了冲动的莫名的期待，整个人好像被什么激活了。

我像得到确凿情报的侦察队员一样朝南极路方向扑去。商店街道行人均视而不见，汽车喇叭声流行歌曲声也听而不闻，我完全沉浸在一种柳暗花明茅塞顿开的轻松和激动之中，心里微微有些压迫似的紧张感，连阳光也似乎变得不那么强烈了。

我兴致勃勃地走着，一味地专注地走着，像车儿加了油，像马儿添了料。我已经把冷饮姜片广告完全抛到了脑后。

我三步并作两步、五步并作三步地向南极路走去，像顺风行驶的小舟一样。

远远地看见南极路路口红白两色的围栏，我有一种终于归来的美妙感受。

我的脑海里一遍又一遍地浮现出黄令辉的背影在杂货店门口消失的慢镜头，我坚信那个背影就是黄令辉，黄令辉就是那个背影。有一忽儿，我甚至觉得黄令辉会在店里等我，幻觉中我好像已经见到黄令辉，我想象着我们两个人见面时的场景，想象着黄令辉那浑小子向我扑过来时的表情……

转眼间，我已经来到了南极路路口。

我跨下人行道，我走在了斑马线上。一辆货车从左面急驶而来，我明明感觉到了一种模糊的难以把握的心虚，我甚至预感到汽车会撞上我。但我没有停下来，而是迟疑又执拗地横穿了过去——就这样我听到自己的灵魂倏地惊叫了一声，路面好像一下子被谁抽掉了一样，脑子里轰的一团黑暗升起，嚓的一条闪电划过。

好像是过了很长时间我才听见汽车引擎尖利刻骨地响了一声，紧急着便传来汽车司机对我祖宗的侮辱和谩骂，我惊魂未定，无力为祖宗们争辩。我看见远近的行人张着嘴巴圆睁眼睛，那目光就像又有一架美国宇宙飞船失事爆炸了。我看见那个白色警察也像木桩似的戳在岗亭下。

我知道我侥幸活着，什么事也没发生。我记不清这是第几回了。骑着车出去我经常遇到类似的威胁和危险，骑车的时候我总是心猿意马魂不附体。我一直觉得自己要被车撞死，迟早要成为某一次再平常不过的车祸中的受害者。不过，一想起每天都有那么多确确实实的生命死于形形色色的车祸，而我却还依然活着，我便只有感到幸运了。偶尔，我甚至会想起我并不相信的上帝的存在，有一回我还想起了国际 Krishna 知觉协会创办导师世尊 A.C. 巴帝维丹达·史华米·巴布巴。

我看见我还活着，我看见我在众目睽睽之下迈开了蹒跚的脚步。其他的，我什么也没看见。因此，当我走过围栏尽头的时候，我也不知道正午时那个凸眼操刀的汉子是不是依然骑在那车西瓜上。

走进了门口，我才发现自己已经到了杂货店。我的脑子里闪过一个荒诞不经的想法，我自己就是那个背影。我听见自己干巴巴地笑了两声，笑完之后，我又觉得这笑声并不属于自己，而属于柜台里那几个男女。

顿了一顿，我就穿过两间店铺的直角相接处，走进了里面那间店铺。我看见最黑暗的东南角靠着一堆装潢铝条的地方，真有一头关闭着的红色侧门。几乎和迎春食品商店的侧门如出一辙。

我如梦初醒似的走了过去，手一推，门就开了……

9

这是一条很窄的弄堂，三轮车勉勉强强能挤过去。我从来没到过这个地方。

我可以想象黄令辉从这儿走过去的情景，黄令辉肯定像我一样傍着左面墙根的一溜阴影走的。他摇晃着比一般人足足长出十厘米的手臂，每走一步，右手掌就向后翻一下，仿佛要努力挥赶什么，放弃什么。这双神奇的颀长的手臂，曾经为他赢得了爱情，同时，又因为手臂太长而葬送了爱情。那时学校每周六都要包一次馄饨，卖馄饨的窗口自然是人山人海，黄令辉发挥了那双特异的手臂的巨大作用，不仅为他自己和我们几个人买来了馄饨，还经常帮外语系的一个女学生买出来，"馄饨"爱情就开始了……半年之后，那女孩要和黄令辉分手，问她为什么，她说黄令辉的手臂太长，难看死了，像只猴子似的……

他肯定还戴着那幅金丝边眼镜，眼睛眯缝着。他的眼睛总是眯缝着，他脸上的表情就显得很暧昧，既像微笑，又像嘲笑，模棱两可，很难定夺。

黄令辉天生是块守门员的料，他那双手臂长得不可思议。在足球场上，他总是生龙活虎大喊大叫，他的嗓音尖利而高亢。

黄令辉和我同寝室，他就睡在我的上铺。夜里，我总可以听到一些若有若无的微妙含蓄的声响。他不仅讲梦话而且喜欢磨牙。这些古里古怪的玩意儿常常导致我失眠，我的失眠症就是从那时开始的。如果我提醒他劝阻他，他就微笑着或者嘲笑着说：生理现象，谢绝干涉。有几次，他深更半夜像杀猪似的喊叫不止，把寝室里的人全数惊醒，都以为发生地震火灾什么的了。大家义愤填膺群起而攻之，并在门后的寝室规约里补充一条：

"本寝室严禁打呼噜磨牙说梦话诸如此类违者罚款两元扫地一周。"

黄令辉嘴上说陛下遵令争取做个好公民，只要大家多给几张邮票，今后保证不说梦话。可到了晚间，却依然我行我素不屈不挠地进行他的生理活动……

黄令辉成天侍弄他的邮票，一星期上一次邮局雷打不动。黄令辉后来之所以闹得不可收拾，大概就是从集邮开始的。他很快加入到那些半明半暗的弄堂里的邮票交换贩卖行列，二年级末，他用集邮赚来的钱，买了全班第一架三洋牌录音机……不过，即使到现在，我仍不知道他是自动退学还是被勒令退学。这事情一直模糊不清。只听说他回到永嘉后，行踪不定，居无定所，没过多长时间就"进去"了，那一年刚好是充满火药味的一年。这些都是黄令辉那个胖墩墩的同乡告诉我们的……

我飘飘荡荡地走在陌生的弄堂里，五六年前的事栩栩如生地在脑海里翻腾，我奇怪自己竟突然回忆起这么多事情和细节。我经常想不起来头一天中午吃的什么菜，想不起上个星期天干了什么，是雨天还是阳光灿烂？我甚至会忽然忘记自己的门牌号码，怎么想也想不起来。一走进弄堂，脑子竟像走马灯似的涌出了黄令辉的事情，我还想起了黄令辉离校之前曾经构思过的一篇"学术性"论文的题目：

"论纯情男孩和性器官之呼声的二律背反"

弄堂里空荡荡的没有个人影，两边的灰色粗糙高高低低的墙壁好像没有终止似的延伸着，好像一条浑浊的小河。我几乎感觉不到双脚的迈动，我好像是一条浮在河面的鱼，顺水漂流，渐渐滑进弄堂深处。平时上街的时候，我骑着车漫无目的地瞎逛，骑着骑着就发现自己已进入一条陌生而又偏僻的弄堂小巷。那时候，我就想，全世界没有一个人会知道此时此刻我待在这座遥远的小城市里的这么一条僻静的弄堂里，只有我自己才知道自己还活着，我会长时间地沉浸在这种独一无二的脱离了轨道的行星似的感觉里。

今天，我又走在这么一条弄堂里，像一条顺水漂流的鱼。这条弄堂里好像到处充满了黄令辉的影子和气息，路面的坑凹里，墙角的一丛寄生草上，一块小石子上，青苔上，到处都似乎有黄令辉来过的痕迹。恰如在童年的南方故乡的夜的弄堂里，到处有蟋蟀和蛐蛐的鸣叫，却硬是找不到蟋蟀和蛐蛐本身，只能听到如梦似幻的充满了空气的那种细瘦的若隐若现的"叽叽叽"。

我看见我孤独地漂流在沉寂的弄堂里。

我看见黄令辉突然从墙角幻化出来又旋即消逝。

我看见以后的日子里我骑着车在空阔的街道上徒劳地漫游和寻觅。

我看见汽车向我撞过来。

我看见那个背影慢慢慢慢地转过身来……

走出弄堂口，外面依旧是灼热的世界，我发现自己已来到了海昌路，斜对面不远处就是邮局，就是我放自行车的地方。

我穿过马路，向邮局走去，邮局陌生而又熟悉。不断有人从邮局门口冒出来，向我这边走来，向另外一边走去。

这时候，我听见一声嘹亮而又漫长的火车鸣叫从东边传过来，这声音那么空幻，又那么真实。我想这也许是一列出站的火车，正驶向遥远的地方。小艾就是随着这样的鸣叫声从这个城市消失的，也许黄令辉此时也已经坐在那样一列飞驰的火车上了。

我感到浑身疲乏瘫软，沮丧而又萎靡，我觉得自己快要坚持不住了。我突然想，找不找到黄令辉也许是无关宏旨的事情，找到了又能怎么样？

是的，我泄了气似的想：找到了又能怎么样呢？

骑在车上，在微风的吹拂下，我还是决定给永嘉县那个黄令辉同乡写封信。通信地址只要到大学纪念册上去找就行了……

10

我是在街上的梧桐树叶开始枯黄飘零的季节收到那个黄令辉同乡的回信的。

……黄令辉退学后不久就开始搞个体。主要是弄衣服和化妆品，差不多一个月跑一趟广州。他并没有"进去"，那是谣传。

如果我没有记错，他是去年春节死的。他的摩托车和一辆黄河牌解放车撞在一起，当场死亡。我们县第一批领摩托车驾驶证的一百多个人，到现在全死于车祸，一个也没剩下……

毕业后，这边就一直没有你的消息，你小子混得怎么样，还在学校干吗？对了，前几天，小号、老银他们到我这儿来，叙旧的时候还提起了你，说你已经疯了，原因是失恋。看起来这大概也是个谣传……

证婚人啊你是谁

1

放暑假不久,妻子就带女儿回河北老家。歌山不太想到河北去,妻子倒是叫他一起去,但歌山觉得自己与河北并没有什么大不了的关系,他一直有这种感觉,他觉得那毕竟不是自己的老家,自己老家在南方、在浙江。再说,妻子的表情和语气中似乎并没有非要他去的意思,她也没提起承德避暑山庄和深州蜜桃,她把决策主动权让给了歌山,去不去由他自己,她不勉强。歌山几乎没什么犹豫,他决定不去。或者更准确一点说,他不决定去。

歌山已经好几年没回自己的老家了,因为妻子忍受不了南方的夏天,她说浙江太热,蚊子太多,苍蝇也太多。尽管歌山觉得河北的天气也凉快不到哪里去,但他不想去反驳妻子的观点和看法,他懒得反驳,他知道反驳也反驳不出什么名堂。在这种情况下,歌山不去河北,自然就可能像一种隐晦迂回的抗议,或者有那么点暧昧的报复的意味。事实上，歌山心里倒并没有这么想。歌山不知道妻子心里会怎么想，也许她什么也没想，她的思路也许已经像铁轨一样伸向她的老家，即使歌山心里真有一点什么意思，妻子也会无暇顾及的，因为她马上就要带着女儿回河北老家了。歌山知道，在回老家这种事情上，女人的劲头总要比男人大。

歌山原以为，妻子女儿这一走，自己就能够获得一种侥幸似的安静，并可以利用这一段安静写点东西什么的，这差不多可以说是他的如意算盘。可等他送走妻子女儿，从火车站回来，他马上就发现，在家里等候他的不是那种预期的难得的安静，而是无所适从的空洞和落寞。在那一瞬间，他甚至感到了后悔，后悔自己没有跟妻子女儿爬上火车。而这会儿，火车早已驶出城市，在路上了。歌山仿佛听到了火车辗过铁轨接轨处的那种有规律的震动声，他差不多能感受到那种震动。在他的想象中，女儿这会儿正趴在窗口看着车外移过的景色，看着那些一个劲地往后退去的田畴、树木和电线杆。当然，妻子一定不会让女儿把头探到窗外去，过不多久，她也许就会把车窗拉下来了……

那种亦真亦幻的火车震动声渐渐从歌山的脑际消隐，那辆载着妻子和女儿的火车就像驶离站台一样驶出了他的意识形态。在这么闷热的天气中，人的思维很容易中断，不可能像铁轨一样没完没了地延伸，想象也好，似是而非的念头也好，都不可能维持太久。现在，歌山开始下意识地觉得，必须马上找点什么事做才行。歌山便走进书房，在写字台前坐了下来，还煞有介事地铺开一沓稿纸，拿起了钢笔。他这么愣愣地坐了半晌，却没有抓住一点思绪，其实也不是没抓住，而是脑海里压根就没浮现出一丝思绪，他的头脑就像此时此刻的家一样空洞无物。他写不出一个字来。歌山稍稍感到那么一点恼火，他觉得自己可能是太着急了一些。他不愿承认妻子女儿的离去真会对自己构成多大的影响，好像自己是个离不开老婆的人似的。他觉得自己应该不至于脆弱到这种地步，因为妻子和女儿毕竟才刚刚离别，往后这样的日子还长得很，他倒宁可把这种虚浮而又茫然的精神状态归咎于天气的炎热。

可接下来，歌山发现自己连书也看不进去。福克纳也好，博尔赫斯也好，尤瑟纳尔也好，都提不起他的什么兴致，注意力始终集中不起来。他觉得自己一点也坐不住，总感觉不舒坦不对劲，身体难以真正松弛下来，坐在那儿觉得总不是那么回事似的。就好像屁股底下生了颗火疖子，或者像是腰背上长出了一根骨刺。于是，歌山只好从椅子上站了起来，离开写字台，开始在家里走来走去，从书房走到客厅，又从客厅走到卧室。他看见了雪白寂静的墙壁，看见了女儿的小床，看见了暂时没人会穿的女式拖鞋和小孩拖鞋，看见组合家具上的玩具和布娃娃，它们看上去井然而又寂然，就好像在呼唤或等待着什么，好像在期待女儿那双小手的莅临和抚摸……家里的一切都已被收拾停当，都显示出一种故步自封的暂停的味道。走来走去的歌山终于清醒地意识到，妻子和女儿真的已经回老家了，家里只剩下了他一个，只剩下了他自己。

2

中午，歌山睡了一觉。刚躺下时他有些睡不着，因为空旷而又开阔的双人床让他感到不适应，而女儿乘坐其中的那列火车又像中途进站一样再次驶进了他的头脑。但他后来还是睡着了那么一会，他弄不清自己是什么时候才睡过去的。

醒来去上厕所，歌山又碰到了那种难言的不适应。这不适应又具体又碎屑，是他在提上裤子用右手去拨动抽水马桶的冲水开关时不期而遇的。平时，起床之后，一家人总是挨个去上厕所，等所有人都解完手，那个冲水开关才会被打开，那记哗啦声让人感到蛮有效益，听上去踏实安心。可眼下就不是那么回事，他的一泡尿就得赔上一箱水，不可能有第二个人跟他一起上厕所，上厕所的人只剩下他一个，解一次手好像是做了一笔亏本生意，这记哗啦声听起来就很空虚很铺张浪费。

尽管他打开水龙头用湿毛巾洗了把脸，他来到客厅坐在沙发上时，头脑仍然迷迷瞪瞪的，四肢也有些僵硬。他木然地糊里糊涂地坐在那儿，一点也不知道自己要干什么，该干什么。歌山知道，自己正陷入一种异样的一时难以摆脱的状态之中，这种几乎有些棘手的无奈的状态就叫茫然无措。在这样的状态下，时光变得很难挨，一秒钟差不多就混同于一分钟，时间仿佛已然从寂静落寞的空间中游离出来，成了一种与他对峙着的东西，它不再自然而然地隐性地往后流逝，它变得黏稠起来，仿佛已经停滞了，甚至有一种倒流的错觉。也就是说，本来无需也不会被意识的时间，这会忽然变成一种横亘在面前的必须设法渡过设法加以克服的障碍似的东西了。歌山觉得，雾团一样的时间已经使他悬浮其上，却又没有流动的趋向和迹象。

后来，歌山看见屋里有一只苍蝇。这只半大不小的苍蝇在客厅里飞来飞去，一会儿落在墙壁上，一会儿落在关闭的百叶窗上，有一会甚至落到了沙发扶手上，歌山本能地用手去抓了一把，结果只抓到一把空气。歌山就起身到冰箱上面拿来苍蝇拍，开始追打这只讨厌的苍蝇，连打了几拍，都没有如愿以偿。这只苍蝇显然意识到这危险的处境，它干脆在空中飞个不停，还嗡嗡地叫着，就是不肯落下来。歌山举着拍子，头像拨浪鼓一样转动着，视线却仍然追不上苍蝇的飞行轨迹。这只该死的苍蝇简直把歌山搞得有些被动有些狼狈。他心想，要是妻子看到他这副狼狈相，肯定又会冲他说，喏，喏，你看看，连只苍蝇都打不死。妻子最见不得屋里有苍蝇，看见苍蝇就非得马上打死它，妻子看到苍蝇时那稀奇古怪的表情在歌山的脑子里历历如在眼前。就这样，他的头停止了转动，举着苍蝇拍的手也慢慢垂落下来。他顿然想起，妻子已经不在家了，她此刻正在回河北的火车上，她不可能看见屋里这只苍蝇，她也看不见歌山的被动和狼狈。显然，打苍蝇这件事情已经丧失了应有的或固有的意义，几乎显得有些不得要领有些多此一举了。歌山站在客厅中央怔怔地想，对于眼下这个空荡荡的家，有只苍蝇嗡嗡叫着飞来飞去，倒不见得有什么不好。

　　打了一会苍蝇，屋里的空气仿佛活络了一些，歌山的脑子似乎也不像刚起床时那样迷瞪了。他就点了一支烟，坐到沙发上吸了起来。吸了大概不到一半，喉咙便有些发干，烟的味道显得很苦涩，他就把剩下的半支烟摁灭在烟灰缸里，并起身离开客厅，穿过卧室，来到了阳台上。

　　下午的太阳已经有些西斜，但仍然很耀眼很炫目，与夕阳还远不是一码事。歌山站在5楼的阳台上，整个校园差不多能尽收眼底。暑假里的校园显得异常空寂，了无生气，学生们都走了，教工也纷纷回老家了，远近几乎见不到一个人影。西边那座锈黄色的自来水塔兀自高耸着，旁边的几个烟囱已不再冒烟。东南方的操场上，一片空旷，到处都是杂乱的野草，它们在炽热的阳光下顾自生长，给人一种荒芜的印象，平日里滚动的足球冲撞的身影以及人们的喊叫声此刻都变得很难想象。那座秋千架寂寞地纹丝不动地垂立着，只有阳光和时间落在上面。单杠上倒是站着一只鸟，这只像八哥一样的鸟大概把单杠当成了一段没有用场的光滑的树枝。过不多久，那只鸟也飞走了，飞到不知哪里去了……歌山的视线渐渐变得散漫起来，变得没什么着落，他发现，无论是阳光下空无人影的校园也好，还是身后沉寂的家也好，都充满一种停滞不动很难将息的无望和异常。歌山就这么茕茕孑立在阳台上，除了感到落寞感到无聊空虚，他的心里不知怎么就萌发出另外一种没头没脑的感受，他觉得自己好像被悬置被遗弃了，他发觉自己目前的处境真的很像是一条搁浅的船。

被什么所遗弃呢？歌山一时之间好像还不甚明了，至少还没怎么想好，没怎么落到实处。被带着女儿回老家去的妻子所遗弃？好像不尽然，似乎也不太准确，妻子女儿的离去倒不如说只是一种使他身临此情此景的契机，只是一种标引，他此刻的内心感受似乎不是太直接、太具体，不是一句话就能说明白的。这种隐约难辨的模糊的感受很不容易定性和把握，几乎有些混杂有些微妙。歌山恍惚觉得，这一时刻，自己好像不光是悬浮在眼前的落寞具象的难耐的场景中，同时还悬置或耽搁在一些超感官的东西之上，诸如延宕的抽象化的时空，轻微渺茫的陌生感和荒诞感，以及无形的生活本身。这种突如其来的被遗弃被悬置的感受其实已经伴随着附带着对自己生活现状的潜在的猜度和质疑，它差不多好像是反省或顿悟的产物，当然，这种不甚了了的反省和顿悟是闪念式的，发生在倏忽之间，而且只发生在歌山的潜意识之中。

歌山情不自禁几乎有些冲动地想，这是怎么回事，自己长时期以来栖居其中陷入其中的生活究竟算怎么一回事？这种一成不变从来如此似的冗长的生活状况是什么时候起开始形成并固定下来延续至今的？它意味着什么，说明了什么？接下去又会怎么样？这样一些紊乱飘忽的疑问和念想就这么无序地突兀地侵入歌山的意识，使他的头脑变得有些大，使他越来越感到不知所以然。他觉得自己无法给这些不是问题的问题找到什么答案，这样的答案好像并不存在，即使存在也像方程的虚根一样不会有什么实在的意义。在这种时刻，歌山恍然发现，他的确不能够给自己长期以来的无谓的生活找到一种令人信服而又自圆其说的必然性解释，他甚至一点也不明白自己此时此刻为何这么又无聊又空虚地定格似的站立在阳台上。茫然的歌山意欲思考和寻觅的大概就是所谓生存着的缘由和根据，这样的寻找似乎是感性的需要，并可构成理性的慰藉。可这种寻找恰如在空气中寻找空气一样徒劳虚幻不着边际，寻找和思考的结果只是在茫然的基础上平添了更多更深的茫然。这样一种为时不久的心理体验很像是迷路时的晕眩的感觉，只是要轻微一些，茫昧一些，也空泛一些。因为生活毕竟不是走路，生活好像是不可思议难以理喻的烟雾一样弥散着漫漶着的东西，好像根本就没路可言……

3

这个无独有偶的炎热的下午，歌山站在阳台的阴影里，突然就想起了十年前的那次毕业分配。这么多年歌山几乎从没想起过它，这件事差不多早已被遗忘到了九霄云外，因为生活无疑是记忆的覆盖物或清除剂，而一个人陷入庸碌沉闷的生活的表征也许就是记忆的流失。可今天却不知为什么，不知到底怎么了，歌山突然之间想起了这件早已置之度外的往事。就像一缕微风倏忽掠过歌山的空空的脑际，那湮没多年的记忆毫不经意地浮现在了他的眼前……

歌山依稀记得，当时，被分配到这所专科学校的是班里的另一个同学，这个同学就是陈炜。和他一样，陈炜也是来自浙江丽水，大学四年，他俩一直住在同一个寝室。好像就在报到前夕，陈炜家的情况发生了一些变故，他父母为了叶落归根，不久之后就将迁往山东老家莱阳。所以，家里人非常希望陈炜能分回山东，他父亲为此还专程赶到了学校。几乎纯属是一种巧合，歌山刚好已经被分配到了烟台市教育局。因为歌山不想回到老家丽水，歌山当初考大学的目的就是要永久性地离开丽水。分配工作刚一开始，歌山就向系里提出自己的志愿和要求，只要不回丽水，把他分到哪儿都成，包括跨省分配也行。结果，系里就把他分到了山东烟台。那一年山东的名额刚巧空出一个，而歌山的学习成绩在班里一直是名列前茅的，各门功课的平均成绩达到了 85 分以上。

　　陈炜来找他的时候，歌山已经在收拾行李，正准备把它们托运到山东烟台。所以，当陈炜和歌山讲了他的情况，并提出想和歌山调换一下单位的时候，歌山着实有些不知所措。这情景就像是一个滑翔运动员，一切都准备就绪了，背着滑翔伞正准备起跑，却突然被一根树枝勾住了。歌山自然也明白，那年分到山东去的另外几个同学都是山东籍的，陈炜不可能去找别人，要找只能来找他。面对这种意想不到的节外生枝，歌山本能地陷入了犹豫不决。可是，看着总是笑呵呵的好朋友脸上那期待的表情，看到陈炜老父亲祈求的恨不得在他面前跪下来的样子，歌山又实在狠不下心来拒绝。要知道，他和陈炜一直处得不错，真正算得上是知交，要是换了别的什么人，歌山就用不着这么犯难。可要拒绝陈炜几乎有些不可能，真那样的话，自己就太不近情理，太不够意思了，这显然又有悖于他的为人。另外，可能还考虑到陈炜要去的那座苏北城市，其时也已经是开放城市，就在山东交界，与烟台好像也没太大区别，况且，与教育局这样的机关单位相比，歌山倒更愿意进一所高等学府。再说了，歌山那时候毕竟沉浸在毕业的喜悦之中，沉浸在纸鸢一样轻盈欲飞的身心状态之中，即将来临的新的生活就像湛蓝悠远的天空一样在召唤着他等待着他……情况差不多就是这样，歌山几乎来不及做更多的考虑，就稀里糊涂地同意这种对调。而既然两个当事人没啥意见，系里也就很快允许了这种变更。

　　于是，歌山就一火车来到这座陌生的做梦也没想到过的苏北城市，而陈炜则去了山东烟台。

　　那之后，陈炜曾给歌山写过好几封信，一再表达了他的谢意，顺便还追叙了他们之间的同窗友情，并邀请歌山有空一定到烟台去玩玩。歌山好像也回了信，答应有机会一定到烟台去。一来二去，这样的通信慢慢就减少了，歌山似乎也一直没碰到合适的机会到烟台去，尽管两地之间相隔得并不是太远。久而久之，两人之间就变得毫无音信了……

就这样，歌山像一只迁徙的候鸟一样远离了南方，泥牛入海似的生活在了这座不南不北的城市里。他很快就发现，新的生活根本就不是什么蓝天，而只是一片浑浊的泥沼。肮脏而又落后的城市也好，沉闷的工作单位也好，单调的日常生活也好，一切都与原先的想像迥然不同，幻想和热情也就很快被失望和沮丧所替代。这感觉颇像是卓别林戏剧中的主人公，一大早起来，光着身子站在高高的临水的房台上，一边踢腿一边做扩胸运动，准备朝底下波光闪烁的水面来一次高台跳水。可等他燕子一样飞下去之后，才知道下面只是一片几寸深的泥水潭，他那姿势优美的历史性一跳的结果，只不过是啃了一嘴烂泥。歌山不知道陈炜及别的大学同学情况又会如何，是不是与他英雄所见略同，但他估摸他们这批春天里的鸭子一样呷呷奔向社会的年轻人，都差不多要经历一次阵痛。而阵痛之后大概就是妥协、是麻木、是闭紧嘴巴入乡随俗了。

接下来，一切就像约定俗成一样简单了，就像一个人闭起眼睛，秋天的树叶也要往下掉一样自然而然没有什么了。

歌山先是过了几年闲静无聊的单身生涯，体验了那种可想而知的异乡感和孤独感，正是在这种孤寂的境况里，他写起了小说。然后，便与一个来自河北的学校同事结了婚成了家。两人的生活基本上还算平静，经济不太拮据也不太宽松，别人怎么过他们差不多也怎么过，尽管时间一长两人都觉得对方的脾气不怎么理想，都觉得对方身上有一些这样那样的瑕疵和缺点，但两人很少吵架，他们一般不吵架。偶尔有时候，歌山倒会猛不丁地涌起一种莫名其妙的感觉，觉得与他一起生活了多年的妻子仍是一个很陌生的人。再后来，他们就有了孩子，也分到了房子……

不知不觉的，十年就这么过去了。既像是一晃之间的事，同时又显得非常漫长，因为人的一生毕竟没有多少个这样的十年。这又怎能不让人生发出一种世事浮沉物是人非的慨叹来呢！歌山不由地觉得，现在的自己和十年前的那个人怎么说也不会是一回事了，他甚至已经搞不清十年前自己究竟是什么样子了，他同样也弄不清自己现在又是什么样子……．

在这个无所事事的下午，歌山几乎一直呆立在阳台上，他的思绪就像一团乱麻，像被风刮坏的蛛网。他走马观花浮光掠影颠来倒去地回顾了一下自己的生活道路，他觉得自己长期以来的生活就像一条淤积的难以疏浚的浑浊之河，无可钩沉，也无可追忆，所能触及的只有一些浮泛的泡沫。这个白日梦一样的下午，他甚至想起了自己的故乡，想起了那些遥远的青山碧水，他由衷地觉得，故乡丽水的名字是天底下最美丽最有诗意的名字，美得让他的心尖一阵一阵地疼痛。他的脑子里还幻觉一般浮现出童年时的一个镜头，那情景此刻想起来真的恍如隔世。那是夏季里的一个雨天，父母都穿着蓑衣戴着笠帽到田里干活去了，奶奶好像也出去了，六七岁的他坐在冷清的门口，看着屋檐滴水一滴一滴往下掉，清脆地寂寥地往下滴，滴进褚黑的木水桶里，直到满出来溢出来……

下午的太阳现在已经完全西沉了。

歌山就这么站在5楼的阳台上，他搞不清自己到底站了有多久。他发现，先前还只是西斜的太阳这会儿已经变成名副其实的夕阳。歌山就趴在阳台边上，愣怔地看着那一轮遥不可及几乎已经与他处在同一高度上的夕阳，他的眼睛只需平视抑或稍稍俯视就行了，他一眨不眨地凝望着西天的夕阳，这夕阳看上去格外嫣红耀目，看得久了，甚至有一种凝固的蛋黄似的立体感，它差不多让歌山感到有些陌生，就好像是头一回看见它似的，它不再是经验中那个二维的圆，而是重新还原成了一个三维的球状物。歌山觉得，这么多年来，自己好像从来没有这么长时间地注视过凝望过夕阳，好像真的没有过。歌山知道，不管怎么样，这血球一样的夕阳过不多久就将一如既往地沉到地平线下面去了。

　　这当儿，歌山发现自己的上半身几乎已经整个儿趴在阳台外面了，他下意识地勾头朝楼底下瞧了一眼，并且吓了一跳似的把身子缩了回来。他的心跳明显有些加快，他不由得想，只要一念之差，只要稍不留神，自己就可能与西沉的夕阳一样坠落下去。所不同的是，夕阳到第二天早上又会变成朝阳从东边升上来，而自己如果掉下去，就不可能再爬回阳台，就会永远从这个世界上消失，真那样的话，妻子和女儿回来之后也就看不到他了……

4

　　吃晚饭的时候，歌山带上房门离开了家，到校园外面的住宅区小市场买了几个豆腐卷。他一点也不想自己做饭，他觉得就一个人也没办法正儿八经做什么饭，他的肚子早已经饿了，因为午饭就没怎么好好吃。所以，他一边从小市场往回走，一边就把豆腐卷全吃进肚子里了。这种一人吃饱全家不饿的状况，既让他感到新鲜感到不太适应，同时又使他体验到了那种久违了的悠闲和散漫，他觉得自己仿佛又回到了单身生活。

　　宿舍楼这天晚上又是停电。停电这样的事，在这座城市里是经常发生的，这差不多是它的一个特点了。所以，天完全黑下来之后，歌山就不愿待在家里，因为家里充满着不堪忍受的双倍的空洞和黑暗，他想逃离这种空洞的黑暗，于是他就骑着车避难似的再一次出了校园。

　　刚开始，他想到附近不远的一个朋友家坐坐的，可骑着骑着，他改变了主意。他就一直骑到闹市区，到工人影剧院看了场电影。

　　看完电影出来，大概已经是夜里十一点多。街上的行人已经很稀少，这天刚好又没什么月亮，歌山在暗淡的路灯光下低着个头往回骑。夜里的气温明显有些下降，还微微有点风，天气便不像白天那样热。街面上看上去湿乎乎的，好像已经下过了一场小雨。歌山独个儿骑在阒静的烟蒙蒙的夜色里，心里感到空寂而又异样。他甚至莫名地感到有些冷。

当歌山骑到最后一个十字路口的时候，他蓦然看见了一支正在横穿而过的马车队，这支长长的马车队挡住了他的去路。歌山便单脚点地等着马车过去。歌山看到每辆马车上都驮着高高的小山一样的隔年干芦秸，苏北乡村的车夫们则半躺半靠在芦秸上，仿佛已经睡着了。这马车一辆接着一辆，几乎没有拉开什么间隔，总共大约有十几辆之多，它们缓慢地在路口不断穿过，似乎没个完。有那么一瞬间，歌山的脑子里晃过了与草原有关的影片中的慢镜头。在朦胧的夜色下，这支并不多见的马车队还真有那么点蒙太奇的幻觉似的色彩，有一种悖离日常现实的疏异感，就仿佛时态和空间一下子在歌山眼前发生了嬗变和转换。歌山甚至不由地联想起了契诃夫小说《草原》中的那支马车队，在他的游离似的倏忽的感觉中，这两支马车队非常相像，简直像是一码事。只不过眼前这些马车不是穿行在辽阔悠远的大草原，而是悄无声息地穿行在深夜的城市边缘，穿行在寂静幽暗的马路上……

这天晚上，歌山又一次失眠了。他躺在双人床上辗转反侧，怎么睡也睡不着，怎么躺也觉得不舒服。一直折腾到后半夜，他才迷迷糊糊地睡了过去。在一种似醒非醒的状态中，歌山做了一个梦，做了一个挺奇怪的梦。

他梦见自己好像应邀去参加一个婚礼，千里迢迢地去给一对新婚夫妻做证婚人。接下来，梦里的歌山发现自己已然来到了一片草原上，而且就站在一条深不见底的沟壑边缘。宽宽的沟壑对面，也是一片稍稍倾斜的如茵如砥的绿草地，有两个年轻人随随便便地坐在草丛里，他们无疑就是新郎和新娘了，尽管他俩看上去更像是一对浪漫而又疲倦的旅游者。那女的就靠在男的肩膀上，男的则背对着歌山，那背影似曾相识。微风一阵阵拂过，碧绿的草梢纷纷颤动着摇晃着，视线所及，全是那么一种平坦无际充满动感的绿色，这是一种翠玉一样的纯粹的绿色，只有梦境中才会存在。四周围却没有任何其他人，天地间一派缄然，静默得几乎让人感到压抑，这景象与婚礼场面实在相去太远。歌山就那么站立在水一样荡漾的绿草地里，不知何去何从。后来他终于变得不耐烦起来，他就用双手窝成个喇叭，大声地朝对面喊了起来："喂——你们好，我是证婚人，我是歌山！我现在就站在这里给你们证婚！喂——"当然，歌山一点也听不见自己的喊叫声，仿佛声音全被风吹散了，或被无边的绿草吸收了吞没了。歌山很是着急，他不知道沟壑对面的新郎新娘有没有听见自己的喊叫声，到底能不能听见。可就在这当口，那男的慢慢地转过头来，并很快显露出一张非常熟悉的脸，歌山惊讶地发现，他竟是陈炜，新郎官竟然就是大学同学陈炜……

5

早上天还没亮，歌山就醒来了。这么多年，他基本上养成了懒床的习惯，早晨从不起来活动，除了有课的日子，他一般要睡到8点多钟。可今天早上却一反常态，不到6点就醒了。

歌山没有马上起来，他还没想过起床这码子事。他的意识僵滞而又混沌，仿佛存在着一种隔膜和断裂，他甚至有些弄不清自己所处的位置方向和时态。就像一个气泡间或从水底浮上水面轻轻破裂，歌山的脑子里忽儿浮现出妻子和女儿，掐指算来她们已经走了整整一个昼夜。可在他的混淆而又粗疏的感觉中，妻子女儿仿佛已经离家很久，好像已经远不止一天了，作为一个显在的事实，它无疑已经属于了过去完成时态。

歌山看见熹微的晨光透过窗帘照射进来，使卧室里的光线显得晦明黯淡，根据这种暧昧的光泽和色度，几乎很难判断外面现在到底是早晨还是黄昏。歌山睡眼朦胧地静静躺在那儿，他已经不怎么感觉得到那种独自在家的不适应，就好像经过一夜的睡眠之后，他的神经已经变得倦怠抑或松懈了，妻子女儿不在家的失落感和异样感已经模糊了淡化了，他此刻的脑子里差不多只剩下了一片纯粹的空无。这就像是一个水潭，先是那些游弋其间的鱼被捞了走，慢慢的，过了一段时间之后，便连浑浊和腥味也消失了。歌山知道，如果他现在起来，将要面对的就是这么一种不好对付的清静空无，而不会是往常的进行时态的日常生活，这样的生活虽然沉闷或者平庸，但它毕竟具有一定的程序和逻辑性，现在倒好，连这种起码的程序也在歌山面前漏失了溜走了。所以歌山不想起来，不想去面对这种什么也不是的空无，至少不想马上去面对。他想任其自然地让这种锅底抽薪一样被架空了的状况滞存下去暂缓下去。

歌山就这么睁着眼睛，慵懒地拖延似的躺在床上。他先是熟视无睹地看了一会白皮书一样的天花板，后来，他就回想起了昨晚那个梦，并回味了一番梦中的情景。

歌山在现实生活中，从来没有去过草原，从没去过北方，更没见过梦里那种无边无际的令人神往的草地。而梦中的陈炜完全是学生时代的那副模样，笑眯眯的，无忧无虑的模样，人在梦境里总是无视或忽视时间的存在和流逝。那女孩则是一个陌生人，好像留着一头瀑布一样的长发，歌山肯定自己没有见过她。歌山觉得这个梦还真是挺离奇挺少见……

不知躺了多久之后，歌山的脑子里忽然之间蹦出了一个朦胧的念头，这个突如其来的念头把歌山搞得很兴奋。就仿佛脑神经发生了一次倏忽的短路，还没等他完全清醒过来反应过来，心里就开始像触着绒毛一样一阵阵地痒痒了起来。整个人很快就差不多被一种始料不及的冲动所攫住。

这时候，天已经完全亮了。歌山几乎没怎么细想，还没怎么理清头绪便一骨碌爬了起来，并三下五除二地穿上了那件烟灰色的衬衣和裤子。

大约8点钟左右，歌山离开了家。临走之前，他把写字台抽屉里的两百多元钱全塞进了衬衣口袋，这些钱是他在这个暑假的生活费，是妻子离家前专门留给他的。

在校门口，歌山碰到一个系里的同事，同事向他打了个招呼，并问了他一句：

着急忙慌的要到哪儿去？

噢，歌山一边跨上自行车一边说：我要出趟远门。

一出校门，歌山便直奔汽车站方向骑去。一路上，他骑得很快，蹬车的动作幅度很大，又弯腰又勾头的，几乎有些夸张。疾风迎面吹来，把他的衫衣都吹飘了起来。这种骑车方式可不像是歌山的风格，轻飘劲儿倒有点像街上那些小青年。

匆匆忙忙赶到长途汽车站，歌山不假思索地把自行车推进了附近一个招待所的院子，然后，就毅然决然似的趸进汽车站，来到了售票口。

里面的女售票员一听歌山所要去的城市名字，一边瞟了他一眼，一边不动声色地说：还有一班车，5分钟后开！你倒挺沉得住气的啊！

歌山搞不清自己是怎么掏出钱，怎么接过那张窄窄的硬硬的车票，又怎么把找回来的不知多少钱塞回口袋。在整个不到一分钟的匆促过程里，歌山完全处在懵懂的慌忙的状态中，就好像做出这一系列动作的人不是他而是别人，或者更准确一点说，歌山觉得自己好像是在什么人的操纵和怂恿下做完这几个连贯的动作的。接下来，捏着车票的歌山就跑进了候车厅，在一个服务员的引导下，歌山找到了那辆马上就要开的长途车，他上车的时候，那个服务员好像还在后面着急地推了他一把。

歌山无疑是这趟车的最后一名乘客了，幸好车内还没满座，他在那些早已坐得稳稳当当的旅客的注目下，气喘吁吁地走到车的后部，在一个靠窗的位子上坐了下来。还没等他把气喘匀，车就起动了。

6

汽车发动机响起来的一刹那，歌山的心好像咯噔了那么一下。

现在，长途汽车开始渐次地远离了市中心，已经明确无误地朝北郊方向驶去了。歌山看着外面的熙熙攘攘的熟悉的街道店面和行人，感受着汽车的毋庸置疑的行驶速度和滋滋声，头脑里终于逸出了那一丝疑惑。这疑惑不断扩散和膨胀，很快就演变成了忐忑不安，从而使他的血液流动加快，快得就像汽车的驶速。他甚至进而体验到了一种势在必然的心虚和惆然。到这会儿，歌山好像才反应过来，才明白自己到底在干什么，他被自己草率疏忽的举动搞得有些发蒙，就像鬼使神差一样，歌山没想到自己竟然真的坐上了去烟台的长途汽车！

毫无疑问，从最初心血来潮似的萌发出念头，到登上这辆行驶着的汽车。这两者之间其实根本就没有什么确凿的因果关系，推动歌山这样干的，好像不是决心，不是明晰的思考和计划，而只是一种机缘和巧合。因为歌山事先根本就不知道有8点半这趟到烟台的车，而只要他在家里或在来汽车站的途中多磨蹭一会耽误一会，如果他晚到那么5分钟，他此刻就不会坐在这辆车上，而将是继续待在家里。

想起家，歌山倒慢慢平静了下来。他自我安慰似的想，与其一个人待在家里，与其难以自拔似的陷在那种无所事事的空洞和寂寞之中，倒不如这么出来走走，出来透透空气，这样至少还可以调整一下心绪，缓冲一下被动无奈的状况。

汽车很快就不由分说地开出了郊区。歌山看见了田野庄稼和蜿蜒的河汊，视野已然变得舒展开阔了许多，似乎连空气也变得清鲜了。歌山就掏出一支烟，点上火，抽了起来。

有一忽儿，歌山又想起了妻子和女儿。他估计妻子女儿这会儿早已到达河北老家，早已在享受团聚的快乐和幸福了。可妻子怎么能猜得到，歌山在她走后的第二天，就放弃了守家的责任和义务，稀里糊涂地登上一辆长途客车。这简直是太有意思了，这样的结果和局面连歌山自己也觉得想不到。与此同时，歌山的心里竟产生了一种逆反的几乎是幸灾乐祸似的心理，他下意识地觉得，自己这么做仿佛正是对妻子独自带女儿回老家的行为的一种批判和否定，歌山觉得自己好像真的是在以毒攻毒，谁让她把自己一个人留在家里不管的呢！这样一想，歌山觉得自己似乎已经给这次旅行找到了依据，找到了一个可以说挺充分的理由，心里好像就变得不那么空虚，变得踏实多了……

客车一直以均匀稳定的速度朝前行驶着。公路边的树木持续不断地往后退去，各种各样的汽车迎面而来，又一闪而过，并卷起团团烟尘。歌山已经很长时间没有外出了，这样的旅行让他感到亲切，同时又感到有些陌生。自成家以后，歌山几乎没怎么单独出过远门，更别说这样一次心血来潮似的旅行了。

过不多久，歌山就想起了同学陈炜，想起了这次旅程的终点，他开始担心起来。歌山担心陈炜已经离开教育局，他甚至担心陈炜会不会已经离开了烟台。这么多年来，歌山再也没有与陈炜联系，他几乎没有一点关于陈炜的消息。他想，要是到了烟台之后找不到陈炜，那可就好玩了，要真是那样的话，歌山不知道自己应该怎么办。想了一会，歌山又开始安慰自己，他觉得自己犯不着过早去担忧什么，应该放宽心些，假如到烟台后真的找不到陈炜，真的扑了个空，最不济就当是到烟台去旅游一次。他想，自己最好还是别去想太多，最好还是顺其自然，既来之则安之。再说，歌山觉得，陈炜十有八九还会在烟台，当初陈炜之所以与自己调单位，目的就是回山东老家，他父母全在烟台附近，他离开烟台的可能性不会太大。

歌山就这样一边看着车外的陌生宜人的景色，一边抽着烟颠来倒去地思忖着，他的心态渐渐变得开朗起来轻松起来。他想，不管旅程的起点如何匆促草率，也不管旅程的终点如何未卜难料，可旅程本身却是具体切实令人愉快的。歌山甚至觉得这次意想不到的旅行带有一种冒险的色彩，具有一种让人兴奋的刺激性，对于长期以来单调庸碌一成不变的生活，它未尝不是一次矫枉过正式的僭越和超脱。歌山觉得，这样一次不平常的旅行，使他在无意中脱离了生活的黏着和羁绊，使他的身心体味到了一种意外的轻盈和新颖⋯⋯

歌山乘坐的是一辆豪华型空调客车，车票自然是贵了些，但车内非常整洁舒适，座椅还可以调节，车窗上安装着窗帘，空调虽然不管用，坐在车上却并不觉得热。在歌山的感觉中，车内和车外好像是两种截然不同的空间。车上的旅客现在一个个东倒西歪，有的在闭目养神，有的在打盹，有一两个甚至打起了呼噜，呼噜声盖过了汽车的滋滋声。歌山一边抽烟，一边看了看车内的旅客，他觉得自己与任何一名乘客都不同，这些人要么去出差，要么去进货谈生意，要么去探亲，他们的旅行都很平常。与他们相比，歌山觉得自己的旅行独具风格非同一般，他相信没有人能知道他正在进行的是一次怎样的旅程，歌山觉得这次旅行的确挺悬乎挺刺激，他甚至觉得这是一次充满诗意的旅行。

这辆车自始至终行驶得挺平稳挺匀速。歌山知道车速已经相当可观，司机好像是个性子挺急的小伙子，他不时地摁响喇叭，不断地超车，那些重型货车那些突突直叫的拖拉机纷纷被甩在后面。可歌山仍觉得开得太慢，他真想一眨眼就到烟台，真想马上就能见到陈炜……

也许是昨晚没有睡好，也可能是受到车内的旅客的感染，歌山渐渐有些犯困，他就拉上窗帘，放下座椅，准备睡上一觉。可歌山却睡不着。睁着眼睛时，他感到眼皮发沉头脑发昏，睡眠似乎已经近在咫尺；等他闭上眼睛，睡眠却反而远离了他，他的脑子里，开始不断地浮现出陈炜的形象。与昨晚的梦境中一样出现在歌山脑子里的总是学生时代的二十郎当岁的陈炜，他试图去想象现在的陈炜，猜测他现在的模样，可歌山没有成功，怎么想也想不出来。于是，歌山就放弃了徒劳的努力，干脆让回忆去代替想象。歌山想起了陈炜那张年轻饱满的老是笑眯眯的脸，想起了他那单纯愉快的眼神，想起了他的小平头，在歌山的记忆里，陈炜差不多是一个如此乐观的人，你永远看不到他愁眉苦脸的样子，你简直无法想象他生气时是什么样子的，同窗四年，歌山从来就没有看见他皱过一次眉头。

歌山的脑海里一遍遍地幻现出陈炜三大步上篮时那轻盈飘洒的身影，就像重复迭现的慢镜头。在那些遥远的日子里，在洒满阳光的篮球场上，他们就像一群欢快的马驹，跳跃奔跑浑身充满着生机和活力。陈炜善于内线突破，尤其擅长三大步上篮，而歌山的远投命中率也蛮高，那时候他们几乎天天下午要去打一场篮球，天天下午要淌一身汗……参加工作之后，歌山就很少到篮球场去了，特别是成家以后，他差不多再也没摸过篮球了。一方面可能是因为忙，另一方面，歌山总觉得自己早已不再年轻，体格已经退潮一样下降了，弹跳力已经很差劲。即使偶尔去打一打，也压根找不到从前那种良好的自我感觉了，要弹跳没弹跳，要速度没速度，几个来回就上气接不上下气。歌山发现，人一过了三十，情况好像就不一样了，走起路来倒可能显得沉着稳当，可一旦跑起来，就露出马脚来了，拖泥带水的，动作又迟钝又笨拙，就像一只鸭子，看上去几乎有些滑稽了……

歌山现在常常感到力不从心，做什么事总有些瞻前顾后患得患失。相比之下，十年前的他们是多么无忧无虑自由自在，想干什么就干什么，做起事来从不考虑那么多。歌山记得，大概是在大三的时候，他和陈炜有一次到绍兴去玩，去游览鲁迅故居，游览三味书屋和百草园，他们还到东湖去划了船。在回校的火车上，他们实在是太累太困了，离省城可能还有一个多小时的时候，旅客已经下了不少，火车的位子空出来很多，他和陈炜就各自找了个长椅，躺下便呼呼睡过去了……他们本来应该在天黑之前下车回校的，可等歌山一觉醒来，时间已经是深夜12点左右。他赶紧把还在睡觉的陈炜叫醒，两个人睡眼惺忪地找到一名列车员，列车员告诉他们，火车早已在杭州换了车头和轨道，过不多久，就要到上海站了。就是在那么一种情况下，他们也满不在乎的，照样还嘻嘻哈哈开玩笑。在列车员的帮助下，他们过不多久就搭上了一辆回程的火车，大约在第二天早上课间休息的辰光，他和陈炜终于回到学校……

歌山还想起了他和陈炜共同关注过倾慕过的那个外语系的东北女孩。现在想起来那是一个真正称得上如花似玉的女孩，气质和容貌都堪称一流，尤其是她那无与伦比妖娆多姿的身材，更是让男生们意乱情迷倾倒不已。在毕业后的这么多年生活里，歌山再也没有看见过像她那样天生丽质触目惊心的女孩。歌山记得，他和陈炜当初常常伫立在宿舍的窗口，目送着流连着她风摆杨柳一样从斜对面的冬青甬道上走过。他俩一致认为，她穿牛仔裤的时候是最迷人最扎眼的。他们分析探讨了她穿上牛仔裤为什么会显得如此楚楚动人魅力无穷。他们还进而谈到了性感这个问题，他们认为裸露本身并不一定导致性感，所谓的性感其实是一种恰到好处的裸露感。那时候，校园里刚刚流行穿牛仔裤。陈炜曾对歌山说过，女孩子可以分成两类，一类是穿上牛仔裤格外迷人格外夺目，另一类是穿上牛仔裤之后更加难看更加令人扫兴……歌山不知道陈炜是什么时候成的家，不知道他后来是不是找到了一个穿上牛仔裤格外迷人的女孩，歌山自己反正没找到，也不可能找到了，因为妻子从来不穿牛仔裤，她就讨厌牛仔裤……

在漫长的现在进行时态的旅程里，在这种滑翔似的最宜于遐想的疾速行驶中，歌山回忆起了很多湮没已久的往事，大学时代的诸多情景和细节不招自到纷至沓来，历历在目。那些无忧无虑的青春岁月，那些遥远的时空和生活，充满着一种阳光般明亮悠远的质地和氤氲，闪烁着一种令人憧憬的光环和色彩，仿佛被镀上了一层耀眼的金箔。在歌山的迷幻似的神志中，它们似乎不像是消逝已久的被缅怀着的历史，而更像是令人神往的遥不可及的未来……

在横穿整个山东疆域的不在话下的旅程中，歌山并没有怎么留意山东的风土人情。由于他一次又一次地陷入遐想与回忆，一路上的景色差不多被他忽视了。他觉得，与他所见过的很多地方相比较，山东这地方好像也并没有什么两样。唯一的特点，唯一与苏北不同的是，山东的公路非常宽阔非常平坦，在他一厢情愿的意识中，这样平坦的公路仿佛是专门为他这次旅行准备似的。此外，歌山发现公路边的每一个村子前，都竖着一块褐红色花岗岩凿成的石碑，上面刻写着一个个村名。山东这地方不把村子叫村，也不叫寨，而叫什么什么庄，如下坡庄、柳庄、李家庄……

7

下午四点半，长途客车准时开进烟台汽车站。下了车，歌山向站前一个卖汽水的老人打听了一下市教育局，便坐上了一辆18路公交车。

　　大约半个小时后,歌山来到了烟台市教育局。院子里显得非常静谧,中间的圆形花坛上有一棵很粗大很苍老的柏树。局里人好像基本上已经下班。歌山向一个正准备骑上车离开院子的中年妇女询问陈炜,那妇女冷淡地说陈炜已经下班了。歌山按捺不住地又问了一遍,你说的陈炜是不是十年前大学毕业到这儿来的?我们这儿就一个陈炜,那妇女头也没抬地说。歌山听后心里咯噔了一下,他喜形于色地告诉那妇女自己是陈炜的大学同学,从江苏来。那妇女稍稍有些惊讶地看了看歌山,说,那你去他家找他好了。接着,她就告诉了歌山陈炜的住址。那一刻,歌山觉得心中的那块石头终于落了地,就像一个在海上漂泊已久的人终于触到了坚实可靠的岸,歌山觉得自己得救了。对这个中年妇女爱理不理的样子,歌山一点也没在意,他感激地对着她的背影连说了三声谢谢。

　　现在,歌山走在了洒满夕辉的陌生的街道上,旅途的劳顿和疲倦已经完全被抛诸脑后。他觉得自己又激动又酸楚,心里充满一种说不出来的滋味,连触着地面的脚底都有一种酥麻的感觉,他的身体他的步伐轻盈得不行,简直有些飘飘欲飞。终于要见到陈炜了,终于要见到阔别十年的老同学了!这可不是梦境!昨天晚上陈炜还只是出现在自己的梦中,而此刻,陈炜却已经近在眼前,差不多已经伸手可及,梦里的那条深不可测的沟壑现在已经不复存在,只要再穿过两条街,只要再走那么十来分钟,自己就真的能见到陈炜这小子了!

　　歌山觉得这一切简直有些不可思议,他觉得,这座陌生的城市,这条拥挤的街道,这些下班的如梭的人流,这一切无不让人感到顺眼,无不让人感到亲切,整个世界好像一下子变得美好如初!甚至连出现在路边的也许是这个城市特有的那些绿色的大垃圾箱,也让歌山觉得挺有意思的。

歌山随风飘荡一样朝前走着。有那么一会，歌山发现自己的衣服太随便太过时了，灰不拉叽的，满身都是旅途的风尘，自己这身装束一点也不像是一个出门访友的人。都怪自己早上出门的时候太仓促了，连衣服都没想到换一身。好在自己要见的是陈炜，歌山想，陈炜这小子可是一个乐观而又随和的人，他是自己十年未见的大学同学和好朋友，他才不会在乎这么多呢！他肯定和自己一样，连高兴还高兴不过来呢！歌山一边走，一边已经在想象两个人见面时那激动人心的情景……

傍黑的时候，歌山终于按图索骥，找到了教育局宿舍，一幢淡黄色的6层楼。歌山走进西边的第2门洞，爬上有些幽黑有些拥挤的楼梯，在4楼朝东的门口，他停了下来。敲门前他几乎等待了那么一两分钟，他站在那儿先喘了几口气，还下意识地拉了拉衣服，抹了抹自己的毛刷一样硬邦邦的头发，他觉得自己的脸上汗腻腻的，像结了一层尘垢，他后悔自己刚才没在教育局先洗把脸。

屏息静气的歌山终于举起了手，轻轻地小心翼翼似的敲了三下。见里边没有什么反应，歌山就又咚咚咚敲了三下，第三下刚敲完，手还没来得及缩回来，门却突然打开了，歌山所看见的差不多是一个陌生男人的脸，他没想到陈炜的脸变得这么瘦削了，发型也很陌生。

找哪位？陈炜问这话的时候连皱了两次眉头。

歌山有些想笑，他没想到陈炜的变化这么大，如果在街上碰见他，简直都不可能认出来了。看着陈炜的严肃的样子，歌山刹那间甚至担心自己是不是真敲错了门，他半开玩笑半认真地问道：

这是陈炜家吧？

是的。这个仍叫陈炜的人显得很不耐烦，他几乎有些愤怒地对歌山说：

你是谁？

布朗运动

1

这天,歌山陪妻子史红上街逛商店。

临出门的时候,歌山看见早上的天空阴沉沉的,与他那件式样过时的夹克衫的颜色毫无二致,看上去马上要下雨,歌山巴不得马上下雨。可事实上,这天的雨一直没落下来,落下来的只是一些秋天的树叶。

歌山的家住在城北,同以往一样,他跟史红先到就近几家常去的商店转了一下。接着,他们又骑着车连着逛了几家不大不小的商店。在歌山看来,所有的商店都一个模样,没什么大不了的区别,差不多只是枯燥的重复,对歌山来说,逛商店无疑是一件令人生厌的事情。歌山向来都不喜欢逛商店,好像天生就不喜欢。走进商店,歌山总有一种迷路似的感觉。闷不吱声地跟在史红后面,无所适从的歌山不明白自己扮演着什么角色,究竟应该扮演什么角色,一个参谋或保镖，一个毫无必要的搬运工，或者纯粹是一个现象性的丈夫？歌山一点也不明白。

　　歌山算不上是一个热爱生活的人，作为一个背时的作家，歌山一直有一种疏远日常生活的倾向，这种倾向有时几乎显得有些病态。一到街上，歌山的头脑就开始变得闹哄哄，变得紊乱无序，内心的平静和自信也不复存在，剩下来的只有厌烦。走在街上的歌山注定是踌躇、麻木和尴尬的。可妻子史红的情形却迥然不同，她的状态和想法几乎和歌山相反，史红把逛商店当作生活中不可或缺的内容，当作一项主要的乐趣，并且一厢情愿地老要歌山陪她分享这份乐趣。歌山对此莫名其妙而又身不由己。史红压根儿不能理解歌山的尴尬和厌烦，史红觉得丈夫陪妻子逛逛商店是天经地义的事情，应该是一种责任和义务，同时也是一种幸福。歌山无可奈何。他没有理由摒弃自己的义务，也没有权利剥夺史红的幸福，除了硬着头皮陪史红逛商店，歌山几乎别无选择。看着如鱼得水地穿梭在柜台和人丛之间的史红的身影，尾巴一样跟随在后面的歌山只好自嘲似的想，爱逛商店可能是女人的天性，天底下的女人大概都乐此不疲⋯⋯

　　逛完贵阳路，俩人没有去紧挨的山西路，而是骑着车直接来到了青年路，并马不停蹄地把一长溜个体摊位从东到西逛了个遍。其间，俩人几次被人群或杂乱的货架驱散隔开，歌山的头和肩膀不断地和一些东西相磕相碰。青年路是史红经常光顾的地方，也是所有喜欢讨价还价钱包瘪凹的城市平民和进城的乡下人不肯错过的自由市场。这里几乎天天人挤人、货叠货，就像一条混浊滞胀的人货之河。有那么几个地方，歌山被挤得全身不能动弹，歌山甚至觉得，如果他把双脚往上收拢起来，人也不会往下掉。在青年路，人无法左右自己的行走，躯体已然失去了自由，只要走进去，就很难回头，只能随波逐流。两个人艰难曲折地挤完所有摊位，好不容易穿过青年路，来到这条个体街西端的小十字路口，歌山感到浑身已经汗腻腻的了，而且双腿发酸，眼睛也酸。可史红依然两手空空，她仍然没有买到她想买的那种绿呢料子。史红说过，她想做一件绿呢料子的长式西装，史红说去年她就想做一件这样的绿呢西装了。

站在青年路西路口，歌山不知道两颊绯红的史红是否还在幻想着绿呢料子长式西装，他只知道他们此刻正面临着一个可以说是棘手的问题，因为他和史红人已经挤过了又窄又长的青年路，来到了西路口，可他们的自行车却停靠在东端的路口。应该怎样去消灭人与自己的自行车之间的这段遥远而又麻烦的距离呢？歌山有些发蒙，他实在不知道应该如何去改变这种南辕北辙的状况。难道重新蹭回去挤回去？

没想到史红一点也不像歌山那样杞人忧天，她解决这个问题的办法出人意料的简单，史红说，我们当然不往回挤，那样太费事太折腾。史红往南指了指，说，我们向前走，从前面的苍梧路绕回去，苍梧路上有一个上海布庄，刚好顺便去看看。

自然，上海布庄并没有让史红如愿以偿，没有让歌山得救。上海布庄其实是一个店面很小的个体布店。这样，当两人找到各自的自行车后，歌山只好跨上自己那辆破旧的永久牌自行车，跟在不屈不挠的史红后面，向解放路骑去。

歌山一边骑一边想，老是这样，一逛起商店就逛个没完，只要上街逛商店，史红就精力充沛兴致勃发，像运动员吃了兴奋剂。歌山猜想自己的脸色大概已经快和今天的天色差不多了，所以，他只得这样告诫自己勉励自己：老兄，别愁眉苦脸的，要耐心点，反正没什么事要奉陪就奉陪到底吧。

解放路位于市中心，是这座北方城市最繁华的大街，这里车水马龙人声鼎沸，格外热闹。

一到解放路，歌山发现史红越加精神振奋劲头十足，脸上显得热切而又生动，仿佛真正的逛商店这会儿才刚刚开始，前面只不过是热身。

解放路也是东西向的街道，这个城市的几条大街差不多都是东西向的，轻工商场位于路东，歌山和史红停了车，先走进了轻工商场。在二楼的布匹柜台上，倒是有一种淡绿色的呢料，史红站在那儿摸弄了半天，结果还是没掏出钱来。她嫌这块呢料颜色太浅，进而又怀疑它的质地。弄得柜台里的售货员一遍遍地用斜睨的目光看着史红。当然，这鄙夷的目光也殃及歌山，歌山觉得自己今天特理解那个售货员和她的目光。

从轻工商场出来，两个人骑骑停停，像走马灯一样逛了别的一些商店，来到了华联商厦。

歌山觉得自己已经成了一个牵线木偶，筋疲力尽而又被动无望。他先入为主地认为走进华联商厦将同样是徒劳的，等待他们的一定还是无功而返，是空着手进去空着手出来。他甚至有一种预感，那种见鬼的绿呢料子是不存在的，压根儿就不可能买到。这样一想，他的双腿就越发疲软。

商厦里人山人海拥挤不堪，真正达到了摩肩接踵的水平。歌山不明白为什么会有这么多热衷于逛商店的人，歌山真的不明白。华联商厦的布料柜台高高在上，位于五楼，歌山和史红挤来挤去挤到楼梯口，电梯却偏偏没开，只挂着一块"正在修理"的叫人泄气的木牌。歌山又气馁又恼火，他不知道电梯是不是真出了毛病，真的需要修理。跟在史红坚实沉闷、晃来晃去的屁股后头，歌山强打精神地往上爬着楼梯，他觉得双脚越来越沉重越来越麻木，他觉得，坏了的电梯，拥挤的人群，绿呢料子，这一切无不叫人讨厌让人头疼。歌山觉得生活有时候真的让人非常头疼，内心深处几乎泛起一种类于恐怖的东西。前不久的一天夜里，歌山跟史红吵了一架之后独自躺在客厅的沙发上，他就那样躺在有声无声的麻痹似的夜晚里，时间无疑在不痛不痒地流逝，空间则像凝滞一样弥散，歌山头脑发木,没任何感觉,就像躺在一层虚浮的东西上面。他听到楼下的声音懒洋洋地传了上来,是那个在冷天还老爱穿一件背心的俗不可耐的男人,正用录音机上的瓮声瓮气的破话筒,在唱一首老掉牙的卡拉OK的歌,完全走调,一会高一会低,一会清晰,一会像患了鼻炎。那一时刻,不断要浮起来的歌山也曾倏忽感触到这么一种恐怖,一种对存在的荒诞虚无的闪念式刺痛感。这种又尖利又迟钝的感受使他无可挽回地陷于长久的失眠。在那个虚浮惘然的夜晚,歌山本能地感到,活着真是一件无望的让人害怕的事情……

2

从华联商厦到百货大楼这两站左右路程中,歌山和史红谁也没说一句话,他们自顾自地埋头骑车。一路上,他们经过了三个交叉路口,碰到的竟都是红灯。

当歌山和史红骑到百货大楼的门前广场的时候,差不多已经快到中午。也就是说,歌山已经陪史红逛了一上午的商店,这是一个短暂而又漫长的上午。

从自行车上下来,饥肠辘辘的歌山感到四肢无力疲倦之极,他觉得自己的耐心已经耗尽。史红的脸上也已显出几分疲乏之色,原先的兴奋已差不多过渡为焦急与不安。不过,主宰着她的肯定仍是那么一种不可理喻的热情与惯性,是不达目的不肯罢休的顽固执念。歌山从史红脸上看不到一丝歉疚之类的神色,史红的头脑大概依然被绿呢料子长式西装占据着,她根本不管时间的流逝,也无暇顾及歌山的心情与耐性。情况就是这样,热情使女人显得可笑和愚蠢,尤其是强弩之末的热情。

眼看着史红弯下腰不管不顾地"咔嚓"一声锁上自行车,歌山的心里突然就蹿起了一股火焰一样的灼痛,那一下"咔嚓"声歌山听起来就像扣动扳机一样生硬和无情,歌山觉得那一股灼痛的火焰来势凶猛,剧烈得出乎他自己的意料。就在这一刹那,歌山断然决定,绝不陪史红再走进眼前的百货大楼了。

歌山扶着车把,一动不动地站在那儿,用因为压抑而显得迟缓显得不自然的声调对史红说:

"我不想再进去了,要去你自己去。"

史红转身的时候愣了一下,好像没听清歌山的话,她有些尴尬似的笑了笑,说:

"怎么了,累了还是饿了,我们逛完百货大楼再说嘛,还差这一会啊。真是的,一点苦也不能受,都到门前了……"

歌山觉得史红的笑容愚蠢而又心虚。要是史红不笑,情况就可能不一样,史红这一笑,无疑就像雪上加霜,使歌山更觉忍无可忍,从而使事态越发糟糕,变得不可收拾。几乎还没等史红把话说完,歌山就不假思索地脱口说道:

"我看你纯粹是在浪费时间,你要买的绿呢料子一定还在工厂的织布机上!为什么非要买你买不到的东西呢?你不觉得无聊吗?"

本来想转回身去的史红听了这话,脸上立刻就挂不住了,那一丝笑意荡然无存。逛了一上午没买到东西史红本来就气不顺,被歌山这么半地里一呛,她就更来气了。她一边瞪了一眼歌山一边把手提包换了只手,摆开架势进入了角色:

"你才无聊呢!看看你这副欠你多还你少的样子!真是晦气!这么些年你给我买过什么东西了,哎,你倒是说说。让你陪我上趟街就像害了你一样,别人的丈夫哪个像你,我算看透了,你根本就不爱我,你根本就不管这个家,你就知道缩在屋里享清福。你是个自私透顶的人,你从来就舍不得为我花一分钱!"

又来了又来了!我可不想在大街上跟你胡搅蛮缠。史红的嗓门越抬越高,歌山知道史红又来劲了,史红这么一来劲,歌山的心里就有些吃不住劲，甚至有些虚。他原以为史红兴许能理解自己的委屈和疲惫，因为毕竟已经陪她逛了半天商店了。歌山发觉自己其实并不想吵架，他一点也不想在大庭广众之下与史红吵架。可史红却不依不饶，她已经真来劲了：

"哟嗬，你还挺要面子的，难道我说错了吗？！不要以为自己有什么了不起的，你不就是会写几篇狗屁文章吗？是顶吃了还是顶穿了？我跟着你这个臭文人享什么福了？老婆买块布料你就不高兴，你还是个男人吗？"史红气得脸都涨红了，就像受了天大的委屈。

歌山顿了半晌没出声，只感到胸口越来越憋得慌堵得慌，他下意识地扭过了头，他觉得事情已经完全弄颠倒了，真正应该感到委屈的是他而不是史红。他的脑子里又一次出现了那种熟悉的沙土塌陷似的感觉，这是一种介于绝望与恐惧之间的感觉，他的胸口隐隐作痛。完了，他想，完了，无论是克制也好，忍耐也罢，到头来总是无济于事，总是徒劳，最后总是以吵架告终，每一次都是这样，就像见了鬼一样！他完全被一股逆反的仇恨一样的心理所攫住，他扭回头，用充满厌恶的目光盯着史红，他已经豁出去了：

"我懒得跟你吵，我也不管你买不买，你爱怎么样就怎么样，我就是不想再奉陪了，就这么简单！"

"谁稀罕你陪！谁要你陪了，啊，看你这德行，我要再让你陪我逛商店我他妈就是后娘养的！你这个没良心的东西，我看见你就晦气！"

"你看看你自己，多像个泼妇，哎，你看看！你这副样子就是穿上绿呢西装也让人恶心……"

"我操你奶奶的歌山！"史红脸色铁青，仿佛要气炸了一样，仿佛要扑过来咬歌山一口，"你他妈的才让人恶心！不要脸的东西。都怪我瞎了眼，嫁给你这个狼心狗肺的东西……你就戳在这里，烂在这里，让汽车压死你，让……"史红没等把话说完，就扭身甩包地朝百货大楼跑去，跑了几步又开始走，肩背一抽一抽。

歌山感到广场上很多人围拢过来，像苍蝇一样围拢过来，并用充满好奇的目光观看着这场不用买票的好戏。歌山第一个反应就是想笑，但他没有笑出来。他稀里糊涂地停了车，站在那儿，抬起头，看看不着边际的阴乎乎的天空。

估计史红差不多快走进百货大楼门口的时候，歌山才下意识地转过身，朝史红的背影瞟了最后一眼。看着那背影，歌山有一种隔膜的疏远的陌生感，仿佛自己此刻是一个陌生人，而不是史红的丈夫，或者更确切地说，歌山仿佛觉得史红不是自己的妻子，他所看见的是一个陌生女人的背影。歌山用间离的旁观者似的目光看着这个气鼓鼓的颤动的背影，这个背影看上去无疑挺肉感挺招男人的目光。看着这背影，歌山想到的确实是史红的饱满与肉感。也就是说，在这样的特殊时刻，歌山的头脑里居然没有痛苦啊、悲恸啊这些东西，也没有同情和怜悯的感觉，这些东西竟然都没有进入他的头脑，他的头脑里好像只有一团混乱的青红皂白。歌山就这样木然地呆立着，很是恍惚，他似乎还没弄清到底发生了什么，到底是怎么一回事，只是觉得荒谬，觉得茫然不解。

等歌山收回视线，他发现四周仍有很多菟丝子似的目光缩手缩脚、探头探脑地环绕着他，笼罩着他，围观的人几乎有增无减。这回，歌山一点也不想笑，他抬起右腿，朝自己的自行车后轮狠踢了一脚。

3

当史红的身影从百货大楼门口消失不见之后，当围观的人渐渐像流走的水一样散开，歌山嗒然感到了一阵轻松，随之，又觉得这轻松很空洞，空洞得让人难受。他掏出上衣口袋里的香烟，用那个廉价的一次性打火机点上火,他的打火机一向不太灵光,这回竟"啪"的一下就出火了。歌山又试着打了几次,每次都蹿起一缕火苗。

情况就是这样,吵架也许让歌山宣泄了一些烦躁和火气,但却没有让歌山真正解脱和得救,没有解决任何实质性的问题,相反,倒使他陷入更大的麻烦和混乱,把他悬在了更深的迷惘之中。歌山站在那儿接连抽了两支烟,仍不知道自己现在应该干什么。他不知道是应该离开这儿呢,还是应该继续滞留在这儿,似乎两者都不是理想的选择,都没有意义,歌山难置可否。歌山真的不知道自己该干什么要干什么。这样子待了一会,歌山感到自己的双腿酸得不行,便不再考虑那么多,把屁股挪到自己的自行车后座上,坐了下来,他把一只脚盘了起来,让另一只脚留在地上辅助永久牌自行车的平衡。

歌山感到自己无所事事,便用散漫的几乎没有聚焦的目光观望起喧闹的四周,观望着眼前这个隔膜的与他无关地进行着的世界。首先映入他的眼帘的大概是那些广告牌了,他发现广场周围的栏杆上、拐角上、楼顶上、水泥灯柱上、公共汽车上到处悬挂张贴着广告,此外就是各种各样的霓虹灯招牌和橱窗,五花八门,应有尽有。这些东西似乎是一夜之间充满了这个城市的空间,堆砌构成了这个时代华而不实、花里胡哨的物质性表情。

左边不太远的地方是个十字路口。歌山看见红灯亮的时候,对面的人和车辆就不言自明地停了下来,形成一种淤塞现象,绿灯亮的时候,这种淤塞现象得到缓解和疏通,过不一会儿,淤塞现象便再度出现,因为红灯又亮了,人和车又自动停了下来。歌山还看见了马路中央的那个警察,他本想研究一下的,可却怎么也看不清警察的脸,自然就更看不清那张脸上的喜怒哀乐。因为歌山是个近视,他所看到的只是一个人穿着警服戴着大盖帽,正挥着手臂,做着一些机械单调的动作。他不知道这个警察有没有喜怒哀乐，不知道警察的喜怒哀乐是不是和别人不一样。

歌山接下来看见一个浓妆艳抹的中年妇女，提着一个与史红的包很相近的包，不过这个手提包看上去好像是真皮的。

歌山还看见一个男人抱着一个孩子，孩子手里抱着一个黄色气球。

歌山看见一个穿黑衣服的老头，手里并没有拐杖。

一个西装笔挺的南方人一边走一边对着手中的砖块似的大哥大乱喊乱叫。

一个穿皮裙的女孩与一个矮个子男人勾肩搭背招摇过市。男人的方脸上长满了麻子，女孩的圆脸上则长满了青春痘。

三个背书包的中学生叽叽喳喳地争着什么。

两个安静地吃雪糕的女孩。

一个背面和正面完全给人两种印象两种感受的姑娘。

一个戴墨镜的青年，脚上穿着耐克鞋，与其说在走路，还不如说在跳霹雳舞……

歌山看见广场上大街上到处都是人，此外便是车，歌山看的基本上以人为主，他基本上忽视了车。

歌山看见人们从各个方向走来，朝各个方向走去。像蚂蚁，像空气中的尘粒，不过还是更像蚂蚁。给歌山的一个总的感觉是，这些人都在走动都在忙碌，仿佛受什么牵引或被什么所推动，歌山发现所有人都在走个不停。歌山于是下意识地收回了视线，他觉得自己好像是大街上唯一静止不动的人，他看见自己无缘无故地靠坐在自行车的后座上，还盘着一条腿，歌山恍惚觉得好像哪儿有点不太对劲，他就扔掉手里的烟头，从车座上站起来，并且不由自主地挪动脚步，让自己也加入到街上的行走中去。

4

歌山背对着百货大楼，朝南走去。歌山没有想过为什么要朝南走而不是向北走，他其实不太知道自己在向哪个方向走。他与广场上的很多人擦肩而过，与很多人走在一起，这使他获得了一种介入似的混迹其间的感觉，当然这种感觉离滥竽充数并不太远，因为人们都有自己要去的方向，都有明确无误的轨迹和路线，而自己没有，似乎也不需要。所以，歌山觉得自己不一样，与所有这些相向同向交叉而过的人都不一样，自己就像一滴油漂浮在水面上。他不知道别人是否能看出这一点，是否有人能觉察到他的神态和步伐有些异样。不过，歌山看见人们好像都很忙，根本就没人注意他，甚至很少有人朝他看一眼，歌山觉得这样挺好。

歌山发现周围的世界正以一如既往的节奏持续着进行着，看上去一切都很客观很正常，正常得让他感到有些不正常，有些单调乏味。天还是阴阴的天，街还是喧嚷的街，人们照样忙着自己的事，歌山看不到什么跳跃或变质，这一切看上去平淡正常得让歌山觉得无聊或无望。他想起前几天在一份报纸上看见的花边新闻，说有一只外国马戏团里的小象，也不知什么缘故，突然就从棚里跑了出来。这只小象就那么冲到了一条商业街上，冲进了当时正在逛街的人群中，撞死或踩死了 13 个人。歌山不知道为什么刚好是撞死了 13 个而不是 6 个或 20 个，什么被撞死的 13 个恰好是那 13 个，为什么不是别的什么人，不知道这只小象后来又怎么样了。歌山想象不出一个人走在大街上忽然被一只迎面而来的小象撞死是怎样一种滋味。歌山很难想象。歌山的头脑里倒是产生了一个幻觉似的念头，如果此时此刻突然有一只象扇着两张大耳朵冲到面前的广场来，那倒挺不错挺有意思。歌山想，如果这只象径直朝他冲过来，他决不会闪身，决不会躲避。歌山几乎不无遗憾地想，可惜这样一只象只能出现在报纸的角落里，只能出现在想象中，眼前只有车、只有人，这些人就像从来如此似的涌现在大街上，就像会永远活下去一样走动着忙碌着。看见前面街道上新刷的鲜明的斑马线，歌山又不由得联想道，要是有一匹非洲的斑马从人行道的斑马线上横冲过来，那也挺不错……

斜着穿过广场之后，歌山没有沿着解放路走，也没有拐弯，而是直接走进了南北向的枫林路。

沿着右边的人行道，歌山随意地朝前走。枫林路上并没有枫树，只有枝叶繁茂的法国梧桐，除了梧桐树，这个不南不北的城市很少能看见别的什么树。枫林路上的行人车辆不像解放路那么多，不那么拥挤喧闹，越往里走，越有一种相对的安静。歌山对此感到满意。他缓慢地走着，手脚慢慢地适应和放松起来，头脑也稍稍觉得平静了一些。他发现路边的梧桐树已经被霜染黄，八角形水泥砖的路面上已经铺满了第一批洇湿的落叶。歌山的脚偶尔踢起一张阔大的树叶，树叶飞起来又落下来，贴在了他的裤腿上。歌山恍然想起，自己正陷落在深秋之中。

在一年四季里，歌山最喜欢秋天，也最不喜欢秋天，对秋天的苍凉本质，歌山有深刻殊异的体验和理解。他的很多小说主人公都死于秋天，而他的一个现实生活中的写诗的来自北国的真正意义上的朋友，一个兄长一样的知心朋友，也是在很久以前的一个秋天离开他、离开这座城市的。

歌山和这个朋友几乎同一年来到这个城市，歌山是大学毕业分配到这儿来的，这个朋友则是调到这儿的，他们一个北上一个南下，在这儿碰上了，碰上就成了朋友。这个朋友是老三届的，比歌山大，他来的时候就已经是拖家带口的了，而且已经是一个很有成绩的诗人。无论是在文学上还是在生活中,这个朋友都曾经给歌山很多帮助很多启发、很多关怀和安慰。也许是因为他的年龄和经历,也许是因为他是一个北方人,在歌山的印象中,他总是那样健壮、豁达和成熟,总是那样乐观,那样富有洞察力,歌山从来没有在他的脸上看到过一丝表面化的忧愁。对这个世界,对很多事物,他们便都有一种心照不宣,一种默契。在无数孤单忧伤的夜晚,歌山总像一个寒冷的人扑向火堆一样敲响这个朋友家的门,只要看见他家窗户上的淡黄色灯光,歌山的心里就会感到温暖。歌山一直很感激他,很依恋他,在歌山的有限的人生经验中,这个朋友无疑是最让他倾心和怀念的。

就是这样一个朋友,却在多年前的那个秋天离开了歌山。原因很简单,听起来几乎有些荒诞,有些难以置信。在一个命中注定似的夜晚,这个朋友多喝了几杯酒,在他骑车回家的路上,他看见了一个也是独自骑车的女孩,他看见这个女孩的长发在晚风中徐徐飘动,楚楚动人的背影中有种孤单的似曾相识的感觉,他就不紧不慢地跟着她。那天的路灯刚好不亮,那条小街又有些偏僻,显得又黑又窄,他一直迷迷糊糊地跟着这个女孩,拐了一个弯之后依然跟着她,因为这样走好像也能回到家,路也差不多远。很近地跟着这个女孩,他有一种可依靠的有同伴的充实感,当然,深夜里的这个孤单女孩的苗条身影中似乎还有一种凄美的诗意,他就这样一直跟着她。凉风一吹,他还打了好几个挺响的酒嗝……这个在他看来蛮有诗意的女孩最后居然一头骑进了附近的一个派出所,他被带进派出所之后,才知道自己已经成了一个骚扰少女的流氓,面对少女的哭诉,面对背道而驰的回家路线,他一句反驳的话也说不出来。而那个阶段恰好在严打,空气中充满了一股子火药味,他虽然没有被关进去,却被单位给开除了,他觉得自己已经没法在这个城市待下去了……这个朋友拖家带口返回北方的那一天,歌山和别的几个人一起到火车站送行。歌山记得那也是一个阴沉沉的秋天的下午，歌山枯立在站台上看着朋友远去，看着一下子苍老了许多的朋友从窗口探出头来向他们挥手，歌山突然就流下了眼泪……

5

过不多久，歌山看见了街对面的那家过去经常去的书店。

歌山发现书店的大半片店面已然被篡改成了装潢亮俗的饭店，"金澳大酒店"几个烫金大字非常刺眼，歌山不知道这种改头换面是何时发生的。

歌山依稀觉得自己已经很长时间没有到书店看看了，结婚以后，歌山就很少走进书店了。因为对于曾经是图书管理员的史红来说，一本本的书与一块块的砖头几乎没有区别，上班天天被书围困着，下了班就不想再看到书，看到书就会让她心烦。史红只热衷于逛商店，她从来不走进书店，也不想看见歌山走进书店。此刻，歌山看到这个熟悉的书店，不由得还是止住了脚步，为要不要穿过马路去看看而犹豫了一会。也许是考虑到现在书店的内容可想而知的媚俗和贫乏，也可能是因为想到了不断飞涨的书价，再加上还需要横穿一次马路，旁边的"金澳大酒店"又显得那么喧宾夺主，看上去就像一种否定和嘲弄，所以，歌山很快就告别了自己的犹豫，继续向前走去。

歌山走在这个平淡无奇的秋天的中午里，他的行走显得漫无目的。歌山尽量不让自己去回想吵架的事，也不去想史红是不是已经从百货大楼出来，没去想史红走出百货大楼发现他不在会不会更来气，没去想她会不会自个继续去逛商店买绿呢料子。歌山懒得去想这样的问题，似乎这些问题此刻都离自己很远，与自己没什么关系。他的内心模糊着一种听之任之的散漫无力的情绪，他随波逐流地缓慢地走着，不想让自己的脚步停下来。他下意识地觉得，自己的不停的脚步似乎有那么一点抵抗什么否定什么的意味，但他又不知道到底有什么实在的东西需要抵抗，不知道究竟要否定什么。他的头脑里几乎是一片空白。而他的行走则像一种水面落叶那样的漂流，他觉得这样走着挺好，挺不错。他觉得自己最好还是别停下脚步，因为他的头脑里晃荡着一片空白，一旦停下来，这空白就会发胀发痛，就会进化为难受和烦恼，就会滋生出一些麦芒似的不好对付的东西来。他觉得还是这么走着好。他就这么走着。他只是机械地迈动有些麻木的双脚，他的行走好像已经只是双脚的事情，与头脑已经基本上没什么关系。他就这样走着，就这样一步步地走向任其自然，走向行走本身……

歌山几乎不看从眼前移过的街景，不去注意商店树木行人和车辆，他的视线基本上没有什么具体的触及和着落，基本上保持着一种视而不见的状况。他更多的是低着头看着路面，看着自己的脚尖。有那么一会，歌山让自己的双脚踩在八角形水泥砖块上，每一步隔一块，有意不让自己的脚面落在水泥砖之间的缝隙里。而走过一个小路口之后，歌山放弃了水泥砖，又换了一种别的行走方式。这回他开始把脚踩在地面的梧桐树叶上，每一步踩一张落叶，或者两张一起踩，于是他的脚步变得有些跌宕、有些零乱。歌山看见有几个路人用异样的目光看着自己，有个老头已经从身边走过去了还回头来看他。歌山知道这种目光，这是一种正常人看不正常的人的目光，有点类似于在动物园里的时候人看猴子的目光，有些好奇，有些惊异，更多的则是嫌疑。歌山被这种多管闲事的目光弄得很不自在，很是惶惑，他条件反射一样想到，自己这副样子也许真的很可笑很可疑，很像一个呆子或者疯子。

歌山不知道这是怎么的了，不知道自己是不是真的成了一个疯子。由于受到心理暗示和干扰，歌山的脑子又不知不觉地陷入惘然和恍惚，陷入一种偏执迷幻的状态，整个人差不多完全悬浮于现实生活之外了。

　　歌山一边稀里糊涂地继续走着，一边白日做梦似的想，这是怎么搞的呢，到底发生了什么，到底是怎么回事，这个世界上为什么要有一个叫歌山的人呢？自己为什么会离开南方离开故乡，千里迢迢只身来到这个由海滨滩涂、由几间破鱼棚演变而来的不南不北的城市？（这个地方总是刮风，总是脏不拉叽，本地方言听起来总有一股子沼泽浊水的味道，歌山永远不喜欢这个城市。）自己为什么又要与一个叫史红的坏脾气的女人结婚？为什么总是吵架总是不能吃一堑长一智，为什么一个人会无端地变成一只无头苍蝇，自己又为什么会生活在这种不像生活的生活之中？

　　歌山就这样边走边想着诸如此类的没头没脑不着边际的问题，他觉得这一切都匪夷所思令人费解，没有答案和谜底，糊涂而又空幻。想到最后，歌山的头脑里甚至产生了一种晕眩似的感觉，就好像喝多了酒，好像在旋转晃悠，整个人显得很虚很轻，像纸片一样要浮起来飘起来……

6

　　后来，是街道上突然稠密起来的自行车流提醒了歌山，现在已经是中午了，也许早就过了午饭时间。他弄不清这些骑车的人是下班回家还是已经骑着车去上下午的班，他不知道现在到底是几点。歌山没有戴表，他一直不喜欢钟呀、表呀这些劳什子，总觉得正是由于这些东西，使人老是感到局促感到时间的压迫和生命流失的不安。他倒是蛮喜欢西班牙作家皮奥·巴罗哈刻在他家客厅挂钟上的那句著名的话：每一下钟声都将你损伤，结束你生命的是最后一下。

　　此时此刻，歌山没有心思去细想皮奥·巴罗哈或别的什么，他只知道自己应该马上吃点东西才成,因为他的肚子的确已经饿得咕咕叫了。早上因为急着出门,两个人都只吃了一小碗汤泡饭,逛了一上午商店又走了这么久,胃里早已空空如也。硬邦邦的实实在在的饥饿感重新把歌山从胡思乱想中拉回到一日三餐的生活流程里来。他知道,要是平日,自己一定早已经和史红坐在小矮桌前吃午饭了,今天的情形却完全不同了。两个人都在街上逛荡,而且各分东西,谁也没有回家,谁也不知道对方在哪里,在干什么。今天已然是一个不好办的被悬置起来的日子。

  这个时候,歌山早已走完枫林路,穿过小巷,来到了新海南路。歌山觉得当务之急就是填饱肚子,不管情况怎么样,饭总还是得吃,一餐不吃就饿得慌,人就是这样一种东西。看着路边几乎一个挨着一个的饭店酒家,歌山很想喝酒,很想叫两个菜喝它几瓶啤酒,歌山觉得这是个好主意。

新海饭店。

百乐门酒家。

海马酒家。

川味小酒馆。

成吉思汗酒店。

上海快餐厅。

阿里巴巴火锅城。

梦娜饭馆。

一往情深饭庄。

益三包子铺。

兰州拉面馆。

佳弗林大饭店。

比萨酒店

……

在"倩倩饭店"门前，歌山停下了脚步。这是一个个体小饭店，里边吃饭的人不多，环境看上去还算清亮，歌山犹疑了一下，就撩开门帘走了进去。来到收款台前，歌山向那个身穿绿呢裙子的姑娘笑了笑，还专门注意了一下她的裙子的颜色，那姑娘的脸上立刻挂满了甜腻的笑容，弄得歌山又赶紧点点头笑了笑，歌山估摸她兴许就是那个倩倩。可当歌山把手伸进夹克衫口袋里之后，他脸上的笑容就变得有些勉强起来，他接着又掏了裤子口袋，等他手忙脚乱地掏完身上的所有口袋，笑容已经完全僵硬，并被尴尬的神情所取代。看到那个仍然笑容可掬的姑娘，歌山试图再一次挤出一些含义不同的笑来，脸颊的肌肉却不怎么听使唤，他道歉似的说，哦，对不起，今天没带什么钱，对不起了，改天……歌山没想到这姑娘的笑容收敛得如此之快，像是愤怒的人劈手掐断一枝花，几乎迅雷不及掩耳，她一边愤怒地转身离开收款台，一边用充满蔑视的口气说出了那三个令歌山汗颜的汉字：

十三点！

歌山一下子蜡在了那儿，仿佛被雷给震了一下，面对这种突如其来的事态，歌山一点心理准备也没有。他本来还想夸夸她的长相，并顺便问问她的绿呢裙子是从哪儿买来的，可他想不到这个可能叫倩倩的姑娘会发这么大的火，生这么大的气，就像吃了枪子一样。说到底她只不过浪费了一个微笑，也没别的什么损失，而歌山今天的确是没带钱，她应该能看出歌山的诚实，但她居然像小母夜叉一样骂起了人。歌山弄不懂这是为什么，他不知道这个世界上的女人都怎么了。他觉得今天兴许真的是一个倒霉的日子，喝口凉水也会塞牙缝，兴许就像史红说的那样，自己的样子的确有些异样有些晦气，有些讨人嫌，歌山懊丧地想。

是的，现在也许是十三点。

歌山离开收款台前这么回了一句。他觉得这个小饭店不该叫

"倩倩饭店"，而应该叫"母夜叉饭店"，但歌山并没有把自己的想法告诉那个小母夜叉，他不想跟她啰唆。歌山知道跟女人啰唆决不会有什么好结果。

歌山重新来到了街上，他把口袋里的钱又掏了出来，没一张大票，全是些零角。他后悔自己总是不带钱，和史红一道上街，钱总是在史红身上，歌山平时在家也很少管钱，对此他已经习惯成自然。在某种程度上说，疏远金钱似乎正是歌山疏远日常生活的一种途径。歌山把手里的钱仔细数了一遍，他知道这么点钱如今吃顿简易快餐都不够，最多只能买一碗兰州拉面。可歌山不想吃面条，歌山不喜欢面条，只要是面食他都不喜欢，因为他是个来自鱼米之乡的南方人。而史红则是个地道的北方人，她就喜欢面食，喜欢就着葱白吃煎饼。歌山和史红在很多方面都可以说完全相反的人。史红平时常常包饺子，看着史红一口一个地吞食着热饺子，歌山就会反胃。当然，史红如果问他饺子好不好吃，味道怎么样，他一般总是勾着头说很好，味道很不错，不过他很难用实际行动来证明这一点。好在史红不太在意歌山的实际行动，她好像只在意他说了什么……

路过一个卖酸奶的小亭子时，歌山总算拿定主意想好了中饭的伙食，因为他口袋里的钱足够买两瓶酸奶的。他觉得两瓶酸奶喝下去也能填填肚子了，而且营养足够。于是，歌山不假思索地再一次掏出了钱，向那个穿着白色饮食服的女售货员要了两瓶酸奶，他想，今天中午，只能这么将就一下了。

事实上，歌山却只喝了半瓶酸奶就再也喝不下去了，他发现这酸奶的味道简直太酸了，而且酸得很古怪。歌山没办法，他实在喝不下去，只好一手捏着一个牛奶瓶，走回亭子的绿铁皮窗口前，对胖胖的女售货员说：

"同志，这酸奶……这酸奶怎么这么酸啊？"

"瞧你说的，不酸还叫酸奶吗？"

7

　　新海南路和朐阳路的丁字路口有一个红色公用电话亭，歌山在看见它的同时想起了下海经商的朋友陈康。歌山本来想到朐阳路的胜利电影院去看场电影，想坐在电影院里消磨下午的时间的，可想起陈康之后，他改变了主意。

　　陈康的家就离这儿不远，差不多只隔着两条街巷。站在电话亭前，歌山想陈康这会儿弄不好能在家，保不准可能正在喝酒，喝他喜欢喝的人头马XO。歌山挺了解陈康，他平时一般不喝别的酒，他就喜欢原装进口的人头马。陈康是天龙贸易公司的老板，当老板的人就像都有大哥大一样拥有他们自以为是的行为方式和生活习惯，否则就不能算是一个老板。陈康穿衣服必是皮尔·卡丹，最不济也得是杉杉西服，而他抽烟永远只抽万宝路，而且必须是"短路"。歌山觉得已经有一阵子没有见到陈康这小子了，今天倒是个不是机会的机会，但愿陈康家的冰箱里能有啤酒，他想。

　　电话几乎一拨就通了，不过"嘟"了很长时间那头才拿起电话，接电话的正是陈康。

　　"喂？"

　　"喂。"

　　"哪位？什么事？"

　　"是我，歌山。"可能是电话听筒的缘故，陈康的声音听上去有些异样有些不太对劲，挺不耐烦的，歌山觉得陈康好像和他一样情绪不佳。

　　"哦，是你啊。"陈康停顿了一会，好像在思考什么，再开口时，语气经过了调整，"我正想去找你来着，歌山，怎么样，这两天你看见凌云了吗？"

"没有啊，凌云怎么了？"歌山有些惊讶，自己的妻子怎么还要问别人，他有些丈二和尚摸不着头脑，同时又好像有一种似是而非的预感了。

"跑了！她走了。"

"喂，怎么回事，她走了是什么意思，什么时候的事？"

"已经三天不见人影了，连声招呼都没打。这会儿弄不好已经在深圳了。还记得那个戴耳环的深圳老板吗，我们一起喝过几次酒的？我知道他一直暗恋凌云，凌云多半是跟他跑到深圳去了。嗨，我觉得这一回自己真要顶不住了，我从来没像现在这么悲催过，生意砸了，老婆也跟人跑了，我已经是一条他妈的可怜虫，我这回他妈真的玩完了，几乎是一夜之间，你想想……"

"是的是的，这种事情搁谁谁都受不了。要想开些，一定要想开，陈康，太阳会出来的。"歌山一点也不知道在这种情况下应该怎样去安慰陈康是好，他既不知道生意是怎么砸的，也不知道凌云又为什么要跑，他有一种敷衍和应付的感觉，像在例行某种程序：陈康，喂，你听着，别忘了你是他妈的谁！会好起来的，过几天就好了……"

"呃，唔，你在干什么，喂，歌山，你在哪儿给我打电话，唔？"

"在我家楼下。"歌山忽然决定不到陈康家去了，"没什么事嘛，就给你拨个电话，我们很久没见面了不是？"

"呃，唔，是很久了，怎么样，过几天我们聚聚？唔，就这么说定了。"

"好的好的。"歌山没弄清到底说定了什么，也不想去弄清，"那就这样，要记住，没有过不了的坎，一定要想开啊。我要是见到凌云，一定第一时间告诉你。那就这样。好的。再见。"

歌山放下电话听筒，稀里糊涂地走出电话亭。这是怎么了，歌山想,这个世界倒是越来越邪门,越来越有意思了,真他妈有戏剧性。但歌山心里并没有沉溺在惊奇的感觉之中,因为这个时代本来就是个无奇不有、见怪不怪的时代,什么耸人听闻的事情都有可能发生,而且随时随地都可能发生。

歌山的耳畔还残留着电话里的一些话语与音节,陈康那混浊模糊的声音似乎仍在脑际萦回。忽然,就像一下子醒悟过来明白过来一样,歌山觉得陈康在说最后几句话的时候,嘴巴里好像塞着什么东西,好像在咀嚼食物,否则,他的声音不会这么断续含糊不清不楚。

陈康喜欢就着鸡爪喝人头马,陈康刚才肯定在啃鸡爪来着。

歌山记得,陈康管鸡爪不叫鸡爪,而叫凤爪。

歌山有些想笑,他觉得自己真的笑了一下。不过在潜意识里,他却有些为凌云担心。

离开电话亭,歌山在丁字路口站了一会愣了一会。歌山的头脑变得比打电话前更乱了,差不多像一团乱麻,更理不出什么头绪来,他一点也不想喝什么啤酒了,他甚至有些后悔打了这个电话。

歌山抬起头,他看到下午的天空照旧那样阴不拉叽暧昧难言,像一种混浊不清似曾相识的溶液。看不到云,看不到一点阳光的消息,仿佛整个天空就是一块覆盖的压顶的乌云。好像随时会落下雨来,又好像会一直这么僵持下去、拖延下去,永远滴不下一丝雨。这是一种糟糕得不能再糟糕的天气,这是一种让人烦躁不安的天气。看得久了,歌山甚至感到胸闷,感到透不过气来。歌山于是重新迈开了脚步,重新进入茫然的惯性的运动状态。这回,歌山沿着单行道的朐阳路,向西走去。

8

歌山不太相信凌云会跟人跑到深圳去，如果想到深圳，几年以前她就去了，不会等到现在。歌山一直认为自己可能是这个世界上最了解凌云的人，在某种意义上，也许比陈康还要了解她。原因很简单，因为凌云曾经是他的情人，或者说是曾经的恋人，歌山不知道这两者之间有什么区别。

不过歌山也很难相信陈康是在演戏，是在编造新闻，陈康再怎么着，也不可能在这种事情上弄虚作假，搞什么鬼。

那么说凌云是失踪了，到底有没有跟人走呢？歌山疑惑不解，他不知道自己到底应该相信什么，他觉得这个世界倒是真变得越来越捉摸不定，越来越面目全非了。

可凌云还真不是一个轻薄的女孩，也决不会轻易爱上哪个男人，在现实生活中，她也许显得有些与众不同，有些鹤立鸡群，但她并不轻薄，这一点歌山从不怀疑。如果走在街上，她那颀长高挑的身影，她那孤傲的神情，还有那一头瀑布般的长发，的确十分招摇，让人着迷，走到哪儿，总会吸引很多男人的目光。尽管她可能算不上是那种特别漂亮的女孩，可她的气质中自有一种有恃无恐、孤芳自赏似的东西，有一种恰到好处的冷漠和自信，甚至有那么点任性。与小鸟依人的容貌相比，这些东西无疑更让男人倾倒。

就是这样一个女孩，却曾经挺狂热地迷恋过文学，想要做一个诗人。几年以前，歌山曾在这个城市唯一的文学杂志社当过一阵特邀编辑，算是外聘，就在那段时间，好像也是秋后的某一天，他认识了凌云。那段时间，歌山在创作方面正声名鹊起。

凌云说她从小就想做一个诗人，诗歌让她迷恋，让她寝食难安，让她感到自己的存在与世界的不存在。可从一开始,歌山觉得凌云不是那种能做诗人的女孩,他觉得像凌云这样的女孩不需要去迷恋诗歌,她只要迷恋自己就足够了。但歌山并没有把自己的直觉告诉凌云,而是充分肯定了她那些不太值得肯定的诗歌,关键是歌山居然没有意识到自己的虚伪。当他不断地给她打电话交流文学,当他不断地把自己的得意之作送给凌云看的时候,倒是意识到自己已经不可救药地爱上了这个女孩,自己已经完全被她迷住了。

歌山知道凌云从小就没有父亲,没有父亲的女孩个性气质往往有些特别。凌云有时候很坚强,成熟劲儿远远超出她的年龄,有时候又格外脆弱,显出少有的稚气和任性。她的言行举止中总有一种难以捉摸的东西,有一种骨子底里的独立性。凌云经常在大庭广众中毫无顾忌地放声大笑,直到捂着嘴笑弯了腰,歌山也多次看见过凌云黯然神伤甚至泪流满面的样子。和凌云在一起的时候,歌山总是又爱怜又担忧,他常常有一种莫名的预感,他觉得自己很难真正了解她把握她拥有她。歌山没办法,只能似是而非地把这归咎于凌云的诗人气质。

凌云经常和歌山说起相依为命的母亲,只要谈到母亲,凌云的眼眶就会潮湿,歌山知道她很爱她的母亲。歌山见过凌云的母亲,那是一个身体非常单薄虚弱的女人,却很和蔼,与人说话的时候,脸上总带着浅凄的微笑。歌山很难理解这样一个母亲竟然会有这么一个颀长健硕充满魅力的女儿。不知为什么,凌云从不和歌山谈她的父亲,她甚至放弃了名字前的属于父亲的姓氏。

歌山和凌云一直保持着那种水清无鱼的关系,两人之间始终不远也不近,很长时间没有取得什么实质性的进展。凌云好像故意在他们之间布置了一道很难逾越的防线,她矜持地把自己隐藏在防线以内,除了偶尔在一起吃吃饭谈谈文学,凌云从不让歌山碰她,从不主动和歌山接吻,连拉拉手也不肯。歌山直到现在还记得她和凌云第一次肌肤相亲的情景。那是他俩认识大约半年之后的一个春天的夜晚,他们一起去看一场外国电影,大概是《德克萨斯的巴黎》,也可能是《最后一班地铁》或别的什么电影,歌山已经记不清了。电影放到一半的时候,也许是电影里动人心魄的做爱场面和伤感透顶的背景音乐的作用,也许是女主人公在很多方面比如身世方面和气质方面与凌云很是相像,也或许是季节或潮汐的缘故,凌云突然靠向歌山,并紧紧抓住歌山的一只手,把它按在了她的胸口,仿佛那是她自己的手。对歌山和凌云来说,那是一个关键性的时刻,是一个具有历史意义的时刻。惊魂甫定,歌山先是通过自己右手的手背感触到了那至柔的要命的波浪起伏,感知到了凌云的急促心跳,这心跳就像一种召唤,没等凌云意识到自己在干什么,歌山的左手已经拥住了她的腰,而右手则顺势挣开了凌云的手指,翻转过来捂在了她的乳房上。歌山渐渐地收拢手指,像抓住一只稀世之鸟一样抓住了凌云的乳房,凌云的乳房比想象的更硕大更饱满,温软如神秘的活物。凌云像怕冷似的战栗起来,这剧烈的潮水般的战栗很快传染给了歌山,让他陷于一阵轻微的晕眩之中。歌山惊奇地发现,凌云的乳房就像一个柔软的密码,像一个致命的软肋,也像一只隐秘的弧形把手,歌山由轻及重由表及里这么一握,凌云的生命之门就彻底向他打开了,握住了她的乳房就等于握住了她的全部。凌云一边颤抖不止一边压抑不住地呻吟起来,整个人几乎倒进了歌山的怀里,并死死地抱住了歌山……每一次想起那个要命的夜晚,歌山都会被一阵本能的激动所攫住,正是通过那个春天的夜晚,正是借助那次史无前例的机会,歌山才算弄懂乳房对于一个女人的匪夷所思的重要性,尤其像凌云这样的外表有多冰冷内心就有多火热的女人。

相比之下,歌山和史红的经历要平常得多,也简单得多,几乎没有什么特别值得回味的东西。他和史红在那个后来被解散的图书资料室里因为一本书吵了一架之后，两个人就不打不相识地熟悉了起来。那段时间，凌云刚刚离开他，他正百无聊赖，写作也不顺手，干什么都没劲，所以，他和史红就那么认识了。认识不到一个星期，他们就上了床。歌山发现史红的乳房虽然看上去鼓鼓的，但却一点也不敏感，仿佛只是身体上额外的两坨肉而已，他怎么摸弄也找不到预期的应有的感觉，好像他是在揉一团发酵了的面。从两个一先一后与他的生命发生关系的女人身上，歌山发现了一个事实，那就是女人之间的不同。他发现女人和女人之间的差异其实超乎人们的想象，简直是迥然有别，就像一堵墙与一道栅栏的不同，就像浑水与米酒的区别。即使在结婚之后，歌山仍时不时地会想起凌云，并不自觉地把她和史红进行比较，他不得不承认，凌云和史红完全是两码事。这两个女人就像两株摇曳或静止在歌山生命里的光裸植物，她们压根儿不属于同一科目。

　　凌云迷恋过诗歌，喜欢歌山的小说，也喜欢歌山内心孤傲外表落魄的样子，而史红则讨厌歌山这种潦倒的样子，史红总说歌山的脸上有一股子挥之不去的晦气。每一次吵起架来史红总要骂歌山的小说是狗屁。凌云话不多，几乎有些寡言，两个人在一起，一般都是歌山负责说她负责听，俩人即使半天不说话，歌山也不会感到沉闷和压抑。而史红永远心直口快，嘴巴不饶人，虽然在平时的交往应酬中，史红的嘴巴可以独当一面，让歌山省去很多口舌，她的爱说话的脾气也多少使两口之家不至于死气沉沉，因为在家里歌山总是很少说话不想说话。可在某些场合，或在看电影电视的时候，史红的多嘴多舌口若悬河无疑又让歌山心烦，甚至令他绝望。两个女人连所喜欢的零食都不一样，凌云爱吃姜片，在所有的零食中凌云最喜欢白色的姜片，有时候一个人就能吃一包，歌山跟她接吻的时候，常常可以闻到姜的味道，她那饱满的嘴唇总有那么一股子辛辣清冽的味道。史红则爱吃生葱，史红还爱嗑瓜子，弄得地上总有瓜子壳……和史红在一起，歌山感到自己是世俗的，没用的，是潦倒甚至窝囊的。而只要与凌云在一起，歌山觉得自己至少暂时摆脱或超越了低俗意义上的生活，遗忘了这样那样的烦恼，也不再感到孤独，因为凌云的个性与气质里的确有一种清新脱俗的东西……

9

在这个无所事事的悬空一样的阴天的下午，像落叶一样漂浮在街道上的歌山边走边想，回忆起一些与女人有关的往事，凌云和史红的举止和面容交替出现，飞絮一样飘忽在他的脑际。在他的意识与潜意识之间她们像两条形体不同种类不同的鱼一样在他的脑海里忽隐忽现、忽远忽近。

史红曾经很丰满，现在也还依然肉感。史红差不多是这么一种类型的女人，穿着衣服时显得饱满，丰硕，对男人有一种魅惑力，一旦脱掉衣服，反而觉得只是一种肥胖。史红的身上不知什么时候起已经有很多赘肉，从腰部开始到臀部再到大腿，曲线越来越模糊，看不到什么起承转合和过渡，几乎混淆堆砌在了一块。凌云则完全是另一码事了，几乎与史红相反，穿着牛仔裤穿着风衣的凌云看上去颀长得有些瘦削，她的双腿显得轻盈细长，然而，随着衣服像幕布一样渐渐褪去，你会觉得面前出现了一个魔术一个奇迹，那真格是拨开乌云见太阳的感觉。你想不到赤裸的凌云竟然这般硕大、丰盈、耀眼，浑身上下凹凸有致起伏流畅，乳房高突结实，白皙的大腿几乎挤在一起，没有缝隙和遗憾，仿佛天功造化。每一次目睹凌云的完满裸体，歌山都有一种做梦的感觉。歌山记得索尔·贝娄在《洪堡的礼物》中对这种令人惊奇的女人肉体有过准确的表达和精彩的描绘，凌云真的就像是现实生活中的另一个莱娜达。

正如两个女人在形体上在性格上泾渭分明判然有别那样，她们的做爱方式也各异其趣不可同日而语。从某种角度说，一个女人的做爱方式往往最能体现她的性情真相。

几乎从一开始，史红就不怎么拿做爱当一回事，仿佛做爱只是一道青菜萝卜一样的家常便饭，他们总是定时定量按部就班。表面上看，史红好像把做爱看得很随便，可在骨子底里，史红是传统而循规蹈矩的，始终摆脱不了那点该死的羞耻心。史红吵起架来逮什么骂什么，平时说话也没遮没拦不会拐弯，但一到床上，她却判若两人。歌山和史红结婚已经好几年了，可做爱的时候，她总有些潜在的说不清道不明的别扭和不自然，仿佛两个人从事的是不体面不光彩的勾当。她从不开灯，也不愿变换什么姿势和动作，一切都显得程序化。她的浑身上下似乎没有特别敏感的区域，好像被脂肪和多余的肉遮没了。歌山一直找不到立竿见影的敏感部位，他的爱抚触摸往往就显得多此一举，前戏变成了演戏。史红的被动常常把歌山搞得更为被动，做爱往往也就演变成了一桩疲于奔命的苦差。两个人仿佛只是在完成一项平淡无奇的生活内容，只是在完成一件不得不完成的任务。就这样，史红还曾经不止一次半真半假地对歌山说过，老婆不是别的，只不过是终身妓女，这话大概是她从哪本书上搬来的。歌山暗地里觉得可笑，他觉得自己一点也不想充当这样一个嫖客……

而凌云一般不轻易主动地与歌山做爱，除非是在水到渠成的特定情景和心境下。对歌山来说，与凌云的每一次做爱，都像是一次攻城拔寨，是一次激情的遭遇，是一次壮举。就像太阳每天都是新的，歌山和凌云的每一次做爱都惊心动魄令人迷醉。随着歌山的抚摸，随着心跳的加速，凌云就会情不自禁地全身心地投入，就像一个不会游泳的人奋不顾身地跳进了激流一样，并很快变被动为主动，变防守为进攻。只要两个人肌肤相触，凌云就燃成了一团火，浑身炽热滚烫，发出一种香甜的汗味。如果说歌山和史红是一种油与水的关系，尽管也叠合贴附，但不能真正交融如一；而歌山和凌云则是两团火的关系，他们燃烧自己也燃烧对方，分不清究竟谁燃烧谁。与凌云做爱的时候，歌山觉得世界真的不复存在，连自己也好像不再存在，一切都会暂时消失远离，抛诸脑后。与凌云在一起，歌山生命中的所有想象力与创造力都会被调遣无余，激发张扬，拥着火一样的凌云，歌山便在尘世享受体验到了天堂的快乐和极度的幸福。歌山觉得凌云完全把做爱看成是一种自发的生命艺术，看成是一次迷幻的昏厥的诗歌写作，看成存在对虚无的疯狂反抗。不知为什么，歌山常常为凌云的这种过分的激情和的确是疯狂的投入感到担心。凌云在很多方面总给人一种出格甚至反常的感觉，凌云有时候真像一根绷得过紧的弦，燃得太猛的火，歌山担心这样的火焰不能持久。有时候，一觉醒来，凌云已不在身边，歌山会迷迷糊糊堕入一种幻觉，这一切都是真的吗？不是一场梦？自己真的能够把握她拥有她？每一次做完爱，歌山都隐隐有一种担忧，这会不会是最后一次？

所以，歌山有时候就不失时机地逼问凌云爱不爱他，后来还多次和她谈起过他们俩今后的可能性。遇到这种时候，凌云总是打岔，总让歌山顺其自然别想太多。歌山记得有一次做完爱后，挺激动地责问凌云，他们难道不是在相爱，难道他们的关系还不够真不够深？她到底是怎么想的？凌云听完后发了一会呆，忽然似笑非笑自言自语地说了这么一句：男女之间的关系能有多深呢？说罢，凌云的神情突然变得很沮丧，脸也沉了下来。凌云告诉歌山她不相信什么爱情，让歌山以后少在她面前提这两个字，她说，男女之间不就是这么回事吗……诧异之余，歌山觉得凌云的确是一个特殊而另类的女孩，生活中这样的女孩非常罕见，他不知道究竟是什么原因使凌云变成这样的女孩的，是她的身世和家庭？是她的生活经历？难道流淌在她身上的真是一种别样的血液？

凌云的这种观点和态度无疑感染和影响了歌山。随着时间的推移，随着生活的变更和困扰，久而久之，歌山对情爱本质的看法几乎与凌云同样偏激，同样根深蒂固不可逆转。他觉得，这个世界上其实并没有什么爱情，所谓的爱情只不过是一种虚设的借口，是一种自我欺骗和安慰，是对赤裸的欲望，对男女间的那点事的粉饰，是人们企图让自己区别于动物的一种策略与花招。所以，当他看到有人大模大样真事儿似的谈论爱情时，他觉得好笑，他觉得弗洛伊德的理论虽然有其缺陷，但却很直接很客观，开门见山，一点也没有耸人听闻、故弄玄虚的地方，几乎已经触及了这个问题的根本所在。歌山常常矫枉过正地想，对爱情问题的看法，对女人的看法，是衡量一个男人是否成熟的最好标志，是一块试金石，一道分水岭。在相当程度上说，超越了女人，超越了自己的欲望，一个人就超越了某个大限，比如尼采和斯特林堡，可能还有弗洛伊德本人。还有像博尔赫斯这样的作家，在终其一生的写作生涯中，他从没写过一篇关于爱情的小说，光凭这一点，就足以让歌山敬佩并喜欢他。在生活中，歌山常常可以看到一些真正具有长者风范的睿智的老人，他们宽厚豁达世事洞明，像是行走在地面的上帝，一方面可能是因为他们的经历和学识，是漫长一生的不断锤炼与修行，另一方面，恰恰是因为他们已经超越了女人，超越了欲望和性。尽管他们的超越方式可能是生理功能的自然丧失……面对现实生活一个个或熟悉或陌生的女性，面对种种庸碌沮丧乏味重复。歌山甚至觉得，女人本身就是这么回事。事实上，结婚以来，他的确没有外遇什么的，主观上似乎也不想有。当然，这并不等于歌山已经彻底摆脱了女人，超越了女人，他知道自己还远没能够抵达这一境地。当他看到飘逸窈窕的女性身影，他还会觉得那些看上去娴雅漂亮的女性至少可以使世界变得不那么暗淡无光，他依然得承认，生活中那些为数不多的美好事物往往与这样的女人有关。另一方面，歌山其实也没有能够超越自己的欲望，他相信一个人即使出家也未必能摆脱自己的欲望。比如此时此刻，他看见街边一个穿皮裙和紧身羊毛衫的女人，一个妖冶的本地人称之为"大侠"的女人，她身上的丰满的起伏和弹性十足的曲线，仍然会对他的感官产生魅惑，仍会刺激他身上的肾上腺素。歌山觉得自己陷在矛盾和悖论之中，陷在不可自拔的人性泥沼之中，既无法超越，也无法摆脱，自己好像注定无可救药。

10

在这个浮躁的秋天的下午，歌山就像一条浮出水面的白鲢一样漂流在街道上，他的头脑里不断地出现那些杂草一样纷乱的思绪和联想，除了行走和回忆，歌山身上的其他功能好像都已经麻木已经暂停，因为他已经偏离了现在进行时的世界，已经游离正常的生活流程，因为这一天已然是一个被悬置起来的日子，而他的头脑也就无可避免地被悬置于胡思乱想和回忆之中。除了惘然的行走，除了无序的回想，歌山不知道自己还能干什么。

歌山到现在还记得，凌云和他提出分手的那一天，是一个寒冷的细雨绵绵的日子。凌云突然兴冲冲地跑来告诉歌山，她不想写诗了，再也不写了，她说她想到深圳去看看，她说这么待下去太难受太憋屈，她会闷死的，她说她要到南方去，去闻一闻真正的海的气味……凌云就那么一路说下去，几乎停不下来，好像完全变了一个人，在歌山的印象中，凌云从来没像那天那样说个没完，说了那么多话。歌山几乎插不上嘴，听完后他居然一点也不意外，一点也不吃惊，只是感到怅然，感到茫然若失。当凌云问他愿不愿意一起去的时候，歌山只是笑了笑。歌山看着主意已定的凌云，知道分手已经在所难免，况且从认识凌云的那一天起，歌山似乎就预感到会有这么一天。面对窗外注定要往下掉的雨滴，歌山没有劝阻也没有挽留，歌山几乎什么也没说，他所能做的只是看着雨滴发呆……

然而，凌云后来并没有真的去深圳。歌山不知为什么，凌云也一直没有告诉他，没有做任何解释，歌山估摸凌云可能是为了她的母亲，他知道凌云离不开可怜的母亲，她最终大概狠不下这个心。不过，凌云却从那个永远亏损的化工厂辞职了，到了陈康的公司，做了总经理秘书。再后来，凌云就跟陈康结了婚，成了陈康的妻子。歌山和史红也是那段时间结的婚，差不多是一前一后。两个昔日的恋人还分别去参加了对方的婚礼。

歌山正是通过凌云认识的陈康，后来他们成了朋友。歌山不知道陈康是不是了解他和凌云的关系，这好像并不重要，尽管歌山觉得陈康对自己总有些另眼相看，但这说明不了什么。陈康对歌山一直还不赖，他可能觉得和一个小有名气的作家交朋友是一件值得高兴的事，说起来也有面子，遇到饭局酒席的，常打电话让歌山一起过去聚聚。歌山对陈康的印象也还可以。他听说陈康是因为不愿意开会才下海经商的，陈康所在的机关几乎天天开会，陈康害怕开会，讨厌开会，一开会就头疼，到后来几乎患上了开会恐惧症。而哪个单位都要开那么多会，总有那么多会要开。所以陈康就决定下海经商，自己当老总，自己说了算，这样就可以不用开那种没完没了的狗屁会了。歌山对此将信将疑，只当段子听，他知道商场上的人唬惯了，说出来的话很难当真。不过，有一次在田园山庄聚会，陈康却给歌山留下了很深的印象，那次陈康好像多喝了几杯酒，半醉不醉的，大家就开逗，问他此时此刻最想干什么。歌山和大伙一样，以为他会说最想泡个洋妞之类的，因为那段时间大伙时常谈论俄罗斯姑娘白天在餐馆端盘子晚上还跟中国男人上床什么的。可谁也没想到，陈康却摇晃着身子，一边颓唐地扫了一下手臂，一边梗着舌头说：我他妈真想骑着牛背回老家去……

总之，歌山和陈康相处得还不错，两家人间或要串串门聚一聚，当然，一般都是在陈康家聚，因为陈康家有人头马有鸡爪，还有正宗的雀巢咖啡。歌山和陈康在一起不至于没话说，史红和凌云好像也蛮谈得来，常常话题不断，这倒让歌山感到有些意外。久而久之，这样的聚会就减少了，有点什么事，也打个电话了之。因为每一次聚会回家，史红总有些不高兴，情绪很差劲，总要警告歌山，以后不许老盯着凌云看。除此之外，史红还借题发挥，一边说陈康如何如何能侃，如何如何能赚钱，一边数落歌山，总要待在一个破学校，总要写什么破小说，害得她跟着受穷受苦，买不起一件像样的衣服，别的女人有的她都没有……刚开始，歌山懒得辩解，不愿理睬随她啰唆，时间长了，歌山也受不了，也会反唇相讥，回敬史红：你不能怪我，要怪就怪你自己，怪你嫁错了人进错了门。史红听了马上就会红脸，马上就会跳将起来，指着歌山的鼻子说，是我嫁错了人，是我瞎了眼，是我前辈子造了孽，我迟早要跟你离婚！于是一场争吵在所难免。有一个阶段，史红几乎把离婚挂在嘴上，好像离婚是捏在她手心里的秘密武器，是托塔李天王举擎着的镇妖塔。歌山又好气又好笑，歌山觉得应该离婚的是他。但歌山一直没有离婚，他不知道自己为什么不跟史红离，好像是惰性的作用，好像没有了那份果敢那一份精力，歌山觉得自己早已没有那种昂首挺胸的骁勇气概，也许本来就不曾有过，从来就不曾有过。否则，自己也不会和凌云分手了。另外，歌山对离婚不抱什么希望，他觉得天底下的女人结了婚之后都差不多，就那么回事，离婚并不能解决任何问题，并不能真正改变什么。

在这个被架空了的秋天的下午，歌山就这样一边走一边想，他的行走的飘忽程度刚好等于他的思绪的飘忽程度，杂乱的想法和往事纷至沓来。他想得最多的大概还是凌云，他不知道凌云此时此刻会在哪里，他拿不准凌云是不是真的出走了，不知道她为什么要走。歌山倒有些羡慕凌云，不管怎样，凌云可不会像他这样无所事事半死半活地在街上游荡，就如一片从生活的枝头飘落的枯叶。歌山觉得自己倒真的应该出走。

陈康说他很悲惨他玩完了，可歌山觉得自己远比陈康惨，自己没完就玩了，在这个时代自己好像注定无可救药，注定得完。

凌云可以离家而去一走了之，陈康玩完之后可以继续啃他的鸡爪，歌山不知道自己可以干什么，应该干什么。

歌山不知道自己要走向哪里，也没有想过自己究竟要走到什么时候，反正他是不想见到史红，不想回家，回家弄不好就得接着吵架，回家差不多是自找麻烦，他不想再找什么麻烦，他想躲开麻烦。能挨到什么时候就挨到什么时候吧，既然中午刚吵完那会没有回去，他现在也不想回去，迟回去早回去对他来说意义都一样，或者说都没意义。歌山好像打定主意把自己交给双腿，交给双脚，走到哪儿算哪儿。

来到这个城市这么多年，歌山还从没徒步行走过这么漫长的路，从没游逛过这么持久的街。仿佛他已经穿上了格林童话中的那双什么鞋，仿佛他真的已经变成了一片枯叶，飘荡和游逛成了他无可选择的选择。情况差不多就是这样。

歌山早已经忘了腿酸，好像经过这么长时间的持久的行走之后，他已经适应了腿酸，就像长跑运动员过了极限，获得并进入了一种无知无觉的惯性。歌山也忘记了饥饿，他的胃已经和他的头脑一样麻木不仁。在这种似乎是梦游一样的茫然行走中，歌山几乎体会到了一种自由，一种无根无基的状况，一种不完全是形式主义的解脱。歌山觉得这算得上是一次真正的自我放逐。

歌山还意识到，无形之中，不知不觉之中，自己的行走和游逛已经成了一种逃亡演习，差不多已经成了对凌云的出走的模仿。

歌山打算这个下午就这样让自己走下去，一直这么走下去。

从前面不远的朐阳路路口往南拐，就是那条老街了。歌山觉得自己已经很久没有到老街到老城区来走走了,他记不清上一次来是在什么时候,他的确已经很久没来了。

歌山想,自己不如就继续向南,一直朝南走,不如就这么一直走下去,穿过老街,直到走完整座城市。

11

从朐阳路到老街,要经过一座水泥桥。在这座叫做瀛洲桥的桥底下流淌着那种可以想象的城市的浊水,这几乎只能算一种流淌物,一种让人想起老城区日常生活的液体,只要看见它那污黑滞浊的颜色,你也就看见了一种必然的气味,你哪怕没有长鼻子,也照样能够领略这种气味的奥秘。

扶着桥栏杆眺望老城区,歌山看见的是这样一幅概括性的图景:几座耸立的超群的高楼大厦,四面楚歌一样被连绵错落的黑瓦屋顶所围绕。歌山还看见了那座苍老颓败的钟塔。

走进老城区,歌山看见的则是这么一些诸如此类的事物:老化的坑坑凹凹的柏油路面,沾着菜叶的下水道口,歪斜的年代久远的石阶,老药房,旧铁皮房,水果摊,舱形垃圾箱,马桶,煤球炉,花圈寿衣店,未必能关上的木门,一张坐上去肯定吱嘎乱叫的随时有可能散架的旧椅子,晾衣服的绳线和竹竿,交错的电线,带鸽子笼的阁楼……还有就是很多讲着方言的额头很紧皮肤粗糙的本地人。走在老街上,歌山看见的净是这些东西,尽管装潢时髦的店面招牌也越来越多地充斥其间,但老街上依然弥漫着一股本乡本土的历史的和生活的气息与氛围。歌山知道这种氛围与己无关,自己纯粹是个局外人,每一次来到老街,歌山都会本能地萌生一种隔膜感和被排斥感。这片老城区,这条老街,是驱使一个外地人生发异乡感的理想场所。歌山常常会因之而想起自己的故乡。

这么多年来，歌山一直过着一种始终摆脱不了异乡感和漂泊感的生活，文学虽然是一种慰藉和抵抗的方式或途径，但这条途径纤细而又渺茫。

而且，随着时间的推移，现在的故乡早已经面目全非，实际的而非想象的故乡也已经越来越不能让歌山得到心灵的滋润和慰藉。老家那条清澈见底的小溪已经被彻底污染，父辈们的脊背被生活的重负压得越来越弯，童年时的伙伴脸上也已经写满沧桑、愁苦、冷漠或贪婪，暴发户和有钱人家的水泥楼房越来越大越来越高，而自家黑瓦土墙的老屋则显得越来越寒酸，越来越颓败。有年夏天，歌山回到老家，村里刚巧发大水，那些眼看就要成熟和收获的麦子全被淹成了水生植物，父亲种的西瓜悉数漂浮在浑黄的水面上，看上去就像一些溺水者的求救的头颅……现在回到老家，歌山已经看不见愉悦的旧时风景，感受不到淳朴古老的气息，内心里只有伤感和叹息。歌山不得不承认，自己实际上已成了一个两头架空的人，既没有现实的依凭，也没有了过去没有了故乡，无根无基，无依无托，就像漂泊悬浮的衰萍……

小巷里几乎没有人，越往里走，越见不到什么人影。小巷很窄很旧，七扭八歪纵横交错，像那种被风刮坏了的蛛网，像老城居民的生活一样简陋和头绪不清。所以，遇到什么拐角或交叉口，不管是大是小，歌山都往南拐，他无意识地给自己虚设了这么一个行走规则，沿着这样的规则走，小巷便不至于变成一个紊乱的迷宫。

小巷里很安静，采光也比大街上差，显得暗蒙蒙静悄悄的。很少遇见什么人，即使遇见，也绝对是陌生人，也许这辈子就与之打这一个照面，与大街上相比较，这里就像一个隔绝的过去时态的世界。歌山偶或可以看见墙壁上的一道裂缝，一句某某是小狗的标语，一丛墙角的寂寞的枯草，几块沉默的石头，还有便是歪仄的石阶和低矮的窗扉。歌山踽踽独行，他觉得自己就像皮影戏里的一个影子，走在一条暗径或地道里。这样的小巷里，世界好像缺席了，连时态也似乎模糊不清。惘然辗转了一整天的歌山，终于感觉到一种凉意一样的静默和落寞，脑子里好像灌满了止水，好像连那份惘然也缺席了。歌山想，此时此刻，在这个世界上，有谁会知道自己的行踪，有谁能猜到他在什么地方？史红不知道，凌云不知道，陈康不知道，学校的同事不知道，老父老母不知道，谁也不可能知道，没有一个人会知道，连自己都不知道自己在哪里。在这样的小巷里，在这样的时刻，歌山觉得自己好像已然从这个世界销声匿迹……歌山挺喜欢这样一种景况，喜欢这样的小巷，这样的小巷倒有些像南方老镇里的弄堂，这样的小巷在北方城市里并不多见。

歌山拐进一个稍宽一些的巷口时，看见一个与自己同向而行的背着一捆草席的人。这人离歌山大约二三十步远，穿着乡下人的粗布衣服，看上去年纪不大，他微仄着上身，迈着有些拖沓的脚步，那捆新草席就斜搭在他的肩背上，这显然是一个沿街兜售草席的外地人。现在已经是秋天了，人们已经把草席从床铺收走，卷起来塞进角隅，因为夏天早已经过去，可这个年轻的外乡人还在兜售他的草席，有谁还会在这个时候买什么草席呢？！

每年夏天，城市的街道边总会出现一些来自远方的贩卖草席的人。到了晚上，他们可能就睡在草席堆里，一边驱赶蚊子，一边思念远方的老婆孩子。

可现在已经是秋天了，这个奇怪的外乡人却仍在小巷里转悠，兜售他的草席。这个看上去挺憨厚挺敦实的年轻人究竟为什么独自逗留在城市，孤身一人在窄街陋巷徒劳地兜售草席？

跟着这个外乡人走了一会之后，歌山就放弃了原先的行走规则，他被这个外乡人的身影和那捆草席莫名地吸引着，并懵懂似的追随跟踪着他。两个人之间仍然相隔着十几步，歌山不紧不慢地跟在后面。有一会，歌山还禁不住想起了蹩脚影片里毫无想象力的跟踪戏，他似乎真的在跟踪这个外乡人。可他并没有跟踪的动机和目的，因为他不可能去买一条草席，他也没想过要上前与外乡人搭话，他只是有点好奇，只是稍稍改变了一下行走规则，随意地跟着那个外乡人的身影。

歌山想，他可能在夏季里得了一场重病，一病就是一个夏天，卖出去的草席还够不上他的医药费，托运来的大部分草席基本上还原封不动地堆在那里。也可能他在夏天里与人吵了架，比如和城管或者税务员之类的顶了起来，这种情况并不少见。他可能是个脾气很犟的人，性子也有些急，他不肯轻易俯首交费交税，因为本来草席就不好卖，价格又一跌再跌，差不多只能保本，所以，当蛮横的税务员非要让他交纳一笔数目吓人的税费时，他的脸红了，禁不住要和税务员顶。可税务员铁面无私，连发票都已经撕下来捏在手里，见这个不识趣的年轻人啰里啰唆的，就很不高兴，就张口训斥，两个人于是吵起了架。而这个年轻人又真的不识趣，真的很犟，脑子怎么也转不过来弯，于是这场争吵就越来越凶越来越升级，甚至还动起了手。这样，他就被抓进了税务局，后来又可能被转到公安局关了起来，一关就是一个夏天。等他胡子拉碴地被放出来，外面已经是秋季了，第一批梧桐树叶已经往下掉了。别的草席贩子早已卖完草席回去了，他带来的草席却几乎一条也没卖，连回家的路费也没有着落，而他在这儿又举目无亲……歌山一边跟踪着外乡人，一边做出种种猜度，他不知道自己的猜度能不能站住脚是不是接近真实情况，他不禁对这个命运受挫的外乡人产生了一股恻隐之心，在这漫长的一天中，同情和怜悯第一次涌出了歌山的心底。尽管如此，歌山最终还是没有想通，他仍然没法理解这个年轻人的几乎是必然的徒劳，因为这个季节的确不可能再有什么人会买他肩上的草席了，即使价格再低，也没人愿意掏钱买一条草席放在家里发霉。

歌山一直跟着这个外乡人，外乡人的仄斜的身影和拖沓的脚步自始至终吸引着他，让他无法真正琢磨透。外乡人一直没有吆喝，一直沉默着，他好像自始至终没有意识到歌山在跟踪他。

在前面不远的那个竖着电线杆的拐角上，有三个围坐在马扎上的老头，他们可能在打扑克或下象棋。歌山老远就看见了这几个老头，那个外乡人无疑也看见了。

走近拐角时，外乡人放慢了脚步，歌山猜想他可能要向几个老头推销草席。那个外乡人果然走上前去，并在老人们跟前停下了脚步。歌山不由得也把脚步放慢，看着前面的动静。

见外乡人停下，三个老人从棋盘上抬起了头，脸上没风没雨，没有任何意外之类的表情，他们只是朝外乡人和他的草席瞥了一眼，淡漠地笑了笑，这是一种见怪不怪历经沧桑之后才会有的笑，几乎显得有些无动于衷有些视而不见，他们笑完后，便又低下头开始下他们的没有下完的棋。外乡人没事似的继续站在那儿，他并没有吱声，并没有兜售他的草席，他好像只是站在旁边看老人们下棋。外乡人的举止和老人们的神情都偏离了歌山的预想，他原以为外乡人会推销他的草席，而三个老人看到这个背着一捆草席的年轻人之后，也会像自己一样好奇和不解，也许还会询问一下这个年轻人，为什么非要在这个季节贩卖草席。可事实上，这些镜头只出现在歌山的想象之中。

等歌山离他们只剩几步远的时候，他发现外乡人侧身扭背地取下了肩上的那捆草席，他干脆把草席搁在了路边，并在老人们的方凳前蹲下身子，聚精会神像模像样地看起了棋局。

歌山经过棋摊时，没有像外乡人那样停下脚步，他可一点也不想看老人们的棋局，他只是下意识地扭头看了看外乡人脚边的那捆草席。无疑，外乡人的猝然间的角色变换，使歌山慒然失去了跟踪目标……

12

当歌山就像滑离庞然大物的肠道一样走出幽暗曲折的小巷,重新置身于大街时,他发现自己竟然来到了文博路。相对于整整一下午恍惚随意地行走,挨近郊区通向郊区的文博路倒是歌山最乐意来到的地方。

几年以前,歌山还经常来文博路,几乎每周都要来一次,不过一般都是骑自行车来的。在文博路南端的弧形弯道旁,在那个花坛转盘后面,就是歌山相当熟悉的市博物馆,他的校友兼知己古一风毕业后就曾在博物馆当过一名馆员。在这座永远陌生的城市里,古一风曾经是歌山不可多得的知心朋友,他们志趣相投,就像一对难兄难弟。在那些早已逝去的岁月里,尤其是那个北方诗人朋友离开之后,歌山和古一风几乎常常泡在一起,他们无话不谈,一谈就谈到深夜。两年以前,古一风忽然离开了博物馆,离开了这座城市,一去不返地从歌山的生活中消失了。从那以后,歌山就再也没有来过文博路,再也没有走进那座幽静的博物馆。可是,在很多夜深人静的时候,或者在歌山为写作苦思冥想为生活心烦意乱的时候,歌山仍会时不时地想起古一风。

在别人眼里,古一风是个相当偏执古怪的人,在大学时代,他就是一个有名的书呆子,歌山到现在还记得一些关于他的趣闻逸事。比如有一次他到阅览室去查阅资料,他脑子里一边想着什么事,一边推开阅览室的玻璃门,那是一头装有弹簧的反弹门,古一风使劲推开那道门之后,脑子里可能刚好蹦出一个什么念头,他就一动不动地站在那儿发起呆,既没往后退,也没赶紧走进去,于是,那道反弹回来的门就重重地拍在了他的脸上,撞碎了他的眼镜,撞歪了他的鼻梁……

　　古一风一年四季很少离开博物馆，总是在后院角落的那间爬满紫藤花的小平房里，可以说有些与世隔绝。古一风差不多是这个时代所剩下的最后一个书呆子了。

　　古一风很少把他的思想形诸文字，歌山几乎没有看见他发表过什么正儿八经的论文。他对那些连篇累牍的历史文献和汗牛充栋的历史著作不感兴趣，他认为这些东西往往不是把历史搞得更清晰、更亲近，而是把历史弄得更自相矛盾、漏洞百出，历史于是变得更干巴、更枯燥、更面目全非，历史就成了一具干尸。古一风曾对歌山说，面对历史，人们总是一错再错地遗忘或忽略了这么一个出发点，历史是一种不可复制、没法模拟、不能随意摆布的东西，与很多东西不同，身在历史之外的人永远不可能真正触及历史，因为谁也不可能触及流逝了的时间。人们已经能够对付很多东西，可却一点儿也没法对付时间，所以，人们其实也对付不了历史。尽管人们使出浑身解数，并动用了考古的鸭嘴锄、线装书或摩崖石刻，可一切努力与自信终究是徒劳和可笑的。虽然历史并非流逝的时间本身，但历史却隐含在流逝的时间里边，就像一条鱼潜伏在水里溶解在水里一样，时间隐藏了历史也保护了历史。歌山记得古一风还专门给他举过一个例子，他说，通过《古罗马史》通过《高卢战记》，我们似乎就能了解到历史上有个叫恺撒的人。他曾经在古罗马呼吸过含氧充足的空气，沐浴过明净的古代的阳光，他叱咤过风云，等等。这些我们都可以在书本中，在字里行间读到一点也不费劲，我们几乎还能知道他喜欢的女人的名字，他喜欢的战马、衣着、饮食以及一些他说过的格言。这样你是不是就抓住了古罗马历史抓住了恺撒？不，你没有，你还差得远。你能读到恺撒被刺那天古罗马的天空是什么颜色云彩怎么分布？你能知道恺撒被刺前那一个时辰那位刺客的手指触摸过什么东西？一束凋谢的玫瑰？一支蜡烛？一双女人的手？稍微让思维的触角这么伸探一下，延宕一下，你就明白我们通过考古通过书籍通过论文通过电视连续剧所得知的东西贫乏得可怜虚假得可笑，而无法知道没有了解的东西却几乎无限之多！你不可能知道在恺撒被刺鲜血四溅的那一刻，一条现在已经变成化石的花斑鱼是怎样在距刺杀现场不远的河里游动摇摆的，你不知道这条鱼在那一刻到底是钻进了某个石洞还是刚巧从洞里探出了头，你不可能知道那条永劫不复的花斑鱼在那一刻究竟看见了什么？另一条花斑鱼的背影？一绺红色水草？一块水底之岩……古一风说，其实帕斯捷尔纳克早就垂询过世人，谁能看见青草生长？人们也许能够看见蜗牛爬行后留下的涎迹，但却看不见那只早已化成尘土的蜗牛；人们凑巧能找到一条蜕化下来的空空的蛇皮，握住了蛇皮自然不等于握住了那条在时间中游走的蛇。涎迹与蛇皮，这两种东西应该对那些历史研究者有所启迪、有所帮助，应该让他们记取……古一风不无悲观地说，历史只是一种供人伤感、叫人唏嘘的东西，一种只能缅怀的东西，一种想抚摸却永远摸不到的东西……

在与古一风的无数次交谈或闲聊中，歌山常常听到这么滔滔不绝的关于历史的议论，此时此刻，这些不连贯的话语好像又在他的耳际回响着萦绕着，像夜晚的蝙蝠一样在他的脑海里翻飞。歌山还依稀能记得古一风那认真而又偏激的神情，能记得那张瘦削的因激动而涨红的脸。那样一种时候，古一风的目光总是深沉尖亮，仿佛正在穿透历史，洞察生存的漩涡。歌山虽然觉得古一风太偏激，差不多钻进了某个牛角尖，可每一次听古一风谈历史，歌山仍会怦然心动。现在想来，那些话语那些观点的价值和意义也许恰恰在于偏激，在于古一风矫枉过正的表达方式，在于那一股毫无顾忌的书呆子气。

茕茕独行于偏僻静谧的文博路，看着渐显灰暗的天色，歌山有些黯然神伤，有一种重返旧地的凭吊似的感触。歌山甚至感到了那种久已消逝的神经兴奋，好像又一次体验到了那种熟悉的激动。古一风的言行举止不断地在他的脑海沉浮明灭。

人们几乎很难相信，像古一风这样一个人，居然会热衷并沉迷于一种叫做飞去来器的带有神秘色彩的民间兵器。歌山知道，古一风在大学里读书时就曾经对这种似有似无的兵器发生过挺浓厚的兴趣，毕业来到博物馆后，他的这种兴趣有增无减变本加厉。尤其是后来，在他离开这座城市前的很长一段时间里，这种令人费解的兴趣和爱好几乎占据了古一风的头脑。他查阅大量可能的资料，不断地搜寻稽考，并向懂武侠的老人们打听，还到乡间作过许多田野调查，有时，干脆自己动手模拟试制。歌山一直不太理解古一风的这种疯狂的癖好，弄不懂飞去来器与历史研究又有什么关系，他觉得古一风这是走火入魔。可古一风却固执而又认真地表示，回环往复的谜一样的飞去来器恰好是万事万物的动态象征，是历史的循环规律的浓缩与造型。古一风后来之所以离开这座城市，似乎就与飞去来器有关。歌山多年后见到一种就叫飞去来器的塑料玩具，他看着街上的男孩们高兴地玩着这种简陋的玩具，心里就会产生一种滑稽感，同时陷入猜度与疑窦。古一风的那种匪夷所思的癖好到底是精神偏激的极端表现，还是对铜臭化飞去来器媚俗化的现实的一种背离与克服，抑或只是他对这个常常是荒诞的世界所开的一个玩笑？

不过，在更多的时候，在很多问题上，古一风无疑是严肃而认真的。歌山记得有那么一个阶段，文坛上曾兴起过一股历史小说热，一时间，历史在更广泛的范围内成了热门话题。众多作家纷纷扑向历史，扑向唐朝宋朝，扑向明清，扑向内战和土改，就像飞蛾扑向灯火扑向透明的玻璃罩，直撞得乒乒乓乓一片热闹，与此同时，几乎所有的电视频道都在播放关于历史的冗长丑陋的连续剧。评论家们也不甘落后，趁机打出了一个新历史主义的旗号。古一风对此却不屑一顾，他还把这种时髦的一窝蜂现象戏称为水漂主义和皮影主义……他承认文学艺术是接近历史的最佳方式，但很多人却在利用或滥用这种方式。他尤其不能忍受那些所谓的戏说，他说看见这些东西他就想吐。

对歌山的创作，古一风从不恭维。他阅读过歌山的很多小说，他认为歌山的文字离生存离生命的质感还有距离和空隙，还不够结实，不够吃到肉里去。他的阅读面也不可谓不广，他常常和歌山谈起法国女作家玛格丽特·尤瑟纳尔，那神情仿佛他是在谈论他自己的老外婆。他说，像《阿德里安回忆录》和《苦炼》这样的作品，才是真正的历史小说，才是接近历史缅怀历史的独特而有效的方式。古一风曾不止一次向歌山透露过，他想写一部小说，一部让历史像鲨鱼一样游弋在时间之中的纯粹的小说，歌山不知道古一风究竟有没有写，不知道这个世界上到底有没有这么一部手稿存在，如果有，如果这样一部手稿能公之于世，那肯定是一部让人刮目相看的作品，甚至可能是一部杰作……

古一风几乎是不辞而别的，他只让博物馆的门房给歌山转交了一张小纸条，上面写着：让我们在历史里再相见。这算是典型的古一风的方式。不久之后，据一个大学同学说，古一风去了云南大理一带，目的就是搜寻和查考飞去来器。一年以前，歌山听到了古一风出事的消息，有人说他在试验飞去来器时不慎把自己的喉管割断了，也有人说古一风是在云南石林摔死的……

再也见不到古一风了，再也听不到他那尖细急促的声音了。歌山看着越来越灰暗的天空，悲不自禁地叹了口气，就好像古一风刚刚才离去似的。这时候，或许是起风的缘故，歌山看见头顶的梧桐树上飘落了几片树叶，这些忽然飘落的树叶就像断翅之鸟，在眼前翻飞飘忽，坠向地面，有一片还落在了歌山的肩膀上。下意识地，歌山把这些飘飞的落叶当成了古一风的灵魂的信息，当成了自己对他的怀念和祭奠。

歌山不由地觉得，自己今天好像是被一种冥冥中的力量带到了文博路，带到了博物馆前。此时此刻，歌山对古一风真的有一种说不出来的依恋和怀念，歌山觉得自己非常需要他非常想见到他，有一忽儿，歌山甚至产生了一种错觉，仿佛古一风仍在人世，仍在博物馆后院那间爬满紫藤的小屋里，脸带微笑地等候着歌山的莅临。越往前走，越接近博物馆，这种幻觉越强烈，也越逼真。

歌山想，如果古一风能知道自己目前这种无根无由的生存状况，他又会作何感想，会说些什么呢？此时此刻，歌山发现自己和古一风虽然有诸多沟通和默契，但实质上却不是同一种人，秉性上相距甚远。古一风是那种真正为精神为灵魂而活着的人，他可以为这些东西而放弃一切，甚至放弃生命，他身上似乎有一种令歌山望尘莫及的意志和执着，有一种迥然的天性，时代和生活均无法磨损这种天性和意志。歌山真切而又惭愧地意识到了自己和古一风之间的距离，不仅相隔着生与死，而且相隔着很多别的东西。与古一风相比，自己无疑要软弱得多怯懦得多动摇得多。歌山终于发现，自己最缺少的，正是古一风身上那种几乎是与生俱来的意志力以及他那圣徒一样的虔诚和执着。

在文博路上缓步向前，歌山渐次进入了这一天中最兴奋最清醒的状态，头脑里只剩下了古一风和由他引起的感触、回忆与了悟，别的东西，似乎已经全不存在，像逛商店、绿呢料子、吵架、史红、凌云、陈康、草席和外乡人等等。这一切都似乎从他的脑海里消遁清除了。因为来到文博路，因为想起了古一风，自己原本漫无目的的惘然的长征似乎已经具有了某种意义，歌山甚至产生了一种不虚此行似的感觉。

歌山在博物馆门口愣怔地站了一会，就绕过花坛转盘，开始向那段弯道走去。他知道，走完这一小段弯道，前面就是紧挨郊区的环城路，路端有一个 51 路车站，过去几年中，歌山有几次坐 51 路公交车到博物馆找古一风，就在前面下的车。

现在，51 路车站已经在召唤他，等着他就范并回到现实中去。

歌山在黑暗里慢慢朝前挪动，他已经感觉不到自己的行走，双腿好像不再属于他，他好像根本就没有双腿了。

在这个也许是空前绝后的日子里，歌山已经真的穿过整座城市，他的主要收获可能就是体验到了一种生命的彻底的悬浮感，体验到了一种只能叫做惘然的极限的东西。而且由于古一风的缘故，自己好像已然超越了这个极限。

13

在 51 路车站等车时，歌山有些意外地遇到了学校同事小柳。借着路灯的淡黄色光线，歌山看见小柳穿着一件绿呢西装。

小柳一见歌山，就一惊一乍地问他：

"你怎么在这儿，史红到处在找你呢！"

歌山支吾着答道：

"呃，噢，我到博物馆找一个朋友，忘了告诉史红一声了。"

歌山接着问小柳怎么会到这儿来，小柳就告诉歌山她到郊区的表姐家去了一趟。他们还有一句没一句地聊了一会单位里的事。

不一会，从前面的梧桐树背后来了一辆 51 路车，是一辆两节的长车，前灯已经打开。这辆将把歌山载回市区、载回日常生活的公交车发出越来越响的滋滋声，离车站越来越近。

歌山看了一眼伸着脖子的小柳，好像忽然想起了什么，他问小柳：

"你的西装是自己做的？"

"是的，头几天刚做的。"

"那你的料子从哪买的呀？"

"不就在你们家楼下那个小布店买的嘛，怎么，想给史红也做一件？"

歌山笑了笑，没再说什么。

后　记

十多年前出过一本小说集《布朗运动》,《人是怎样长出翅膀来的》可以看作是它的精粹版。

集子中的小说,是我二十五岁到三十岁这五年时间里写的主要作品,那时候我生活在连云港。这些小说基本上都是发表在《作家》杂志上的。自从1990年以自由投稿的方式在《作家》刊发短篇《秋天的早晨》以后,我与《作家》之间就建立了一种让我感恩一生的关系,一种作者与杂志之间的纯粹而又美好的关系。这么多年来,我与主编宗仁发先生在通信时一直以兄弟相称,但我们从未谋面。后来有一次在媒体上看到宗仁发先生的照片,与我想象的几乎一模一样,在我心底里,他一直是最好的杂志主编,同时也是一个最好的人。

我记得《牛皮带》和《下楼或者上楼》这两个短篇还有一个创作谈《猜度终身》,是以"张亦辉作品小辑"的方式刊发的;而短篇《人是怎样长出翅膀来的》则是以"江苏四人短篇小辑"的形式发出的,另外三个人是韩东、朱文和毕飞宇。这一切当然都拜宗仁发先生所赐。

因此，重出这个小说集，既是为了纪念自己的小说写作生涯，更是为了纪念我与宗仁发先生之间的文学友情。

我三十岁之后几乎没再写过小说。我不知道自己到底为什么不再写了，是因为当时攻读经济学研究生打断了我的写作状态？是因为那几年生活太忙碌太沉重的缘故？还是什么都不为，只是写不出来了？即使到今天，我依然回答不了这个问题。

在某种意义上，那五年写小说的生命时光，是我人生中最幸福也是最痛苦的时光，既有绝望，又有狂喜，这种体验大概无限接近于一个母亲的分娩记忆。回望那些白天与黑夜，回望那些时间，似乎的确可以看见一种只能叫生命之光的东西。

另外，我与爱人李玮命定般奇迹般地相识相遇，并最终不远万里走到一起一直走到今天，其实也是因为我写的某篇小说。所以，虽然我已经多年没有写小说了，但写小说这件事对我的影响却从未停止，延续至今，在某种程度上说，它决定了我的全部人生。

我不知道有生之年自己还会不会再去写小说，但我知道，这个世界上，对我的生命而言，小说的重要性怎么说都不过分。

十分感谢陈武兄，给我提供了这样一个重出小说集的机会，这是一个怀念和纪念的机会，同时也是一个感恩和感伤的机会。

2016年11月，秋凉如水的某天，于万家花城。